新　潮　文　庫

ひとでちゃんに殺される

片　岡　　翔　著

新　潮　社　版

11433

目次

ひとでちゃんに殺される

ひとでちゃんに殺される

Killed by Hitodechan

Shoh Kataoka

ひっきりなしに僕の身近で「悪魔」奴が騒ぎ立て、
つかまえ難い空気のように、僕の周囲を暴れまわる。
嚥み込むと、僕の肺を焼き、罪深い永遠の欲望と化って
胸一ぱいに満ち溢れる気持だ。

「芸術」に対する僕の深い傾倒を知る彼奴、
時々、絶世の美女に化けたりして、
偽君子の巧言まことしやかに、
僕の唇を破廉恥な媚薬に慣れさせる。

彼奴また、「神」の見張から遠い所へ僕を連れ出し、
疲労困憊、気息奄々たる僕を、見る限り
広漠たる「倦怠」の曠野に立たせ、

恥じてもだえる僕の眼中、投げつける
汚れた衣服、開いた傷口、さては、
「破壊」に用いた血まみれの道具！

（ボードレール『悪の華』より、堀口大學訳、新潮文庫 1953）

二月二日　日曜日

Sunday, February 2

淀《よど》みのない青の中に、ショッキングピンクのスーツが浮いている。

ほんの数秒のことだ。前向きに捉《とら》えようとしても、飛んでいるようには見えない。

両足にはめた長い板で風を受け、重力に逆らおうと足搔《あが》いている。

落ちている。奴《やつ》らはただ単に落ちている。

俺にはそうとしか思えない。

飛野《ひの》健斗《けんと》がスキージャンプの全国大会に出場を決めたのは年明けすぐのことだった。

有無を言わさず一年四組全員で応援に行くことになり、担任の若宮《わかみや》はすぐに貸切バスを予約した。生徒想《おも》いの熱血ぶりを披露したいのだろう。美人風な奥さんと、一歳の息子まで連れて来てるからタチが悪い。

一年で一番寒い二月上旬に、ましてや貴重な日曜日に、何が悲しくて蔵王《ざおう》のジャンプ場にまで来なきゃいけないのか。

席すら無い観覧エリアで身を震わせながら、来なきゃ良かったと本気で悔やむ。

唯一《ゆいいつ》の救いは、すぐそばに葵莉子《あおいりこ》が立っていることだ。

葵は、赤の他人のジャンプにまで一喜一憂しているクラスメイトとは違う。

アイドルグループの端にいそうな程には可愛《かわい》いのに、女子の群れに属していない。

今だって、みんなと同じように空を見上げていても、彼女は絶対にジャンパーを見ていない。もっと遠くの何かを見つめている。

「さぁ来い飛野！　名前の通り飛んで見せろ！」

出番が近づき、一條毅《いちじようつよし》が最前列で叫んだ。

子分のような仁《に》志渉《しわたる》と三《み》ツ橋恭介《はしきようすけ》が拳《こぶし》を振り上げる。三人とも普段は悪ぶってダルそうにしているくせに、今日はやたらとハイテンションだ。

「飛べ飛べ飛べ飛べ飛べ！」

歓声と共に、白い息が煙のように立ち上る。

頂上に飛野の姿が見えた。

スタートの電子音が響き、場が静まり返る。

身を丸めた飛野が滑降してくる。ジャンプ台の手前で姿を消すと、すぐに派手な黄色が目に入った。

ゴシック体のようにはっきりとしたV字が見える。今までの選手とは明らかに高さが違う。巻き上がる粉雪で風の軌跡がわかる。ジャンパーに有利な向かい風だ。

飛野は天を味方に付けたかのように、空高く舞った。

最高到達点で止まったように見えた時、ガタガタガタとV字が揺れ出した。真《ま》っ直《す》ぐ伸びていた体が歪《ゆが》む。バキッ。届くはずのない音が聞こえる。

空中でスキー板が外れて、飛野はバランスを崩しながら落下する。スキー板は風の抵抗を受けたまま飛んでいる。

全員が、声も出せずにその様に見入っていた。

世界がスローモーションになる。

スキー板がゆっくりと飛んでくる。一直線に、観客の方に向かってくる。

一瞬のことだ。思考が追いつかない。迫りくる板を、じっと眺めていることしかできない。

俺の方に飛んでくる。

気づいた時には遅かった。

スローモーションは幻想だ。板はもう眼前に迫っていた。

俺は咄嗟《とっさ》に目を瞑《つぶ》る。

ぶしゅっ。

不快な音だけが耳に届く。

目を開ける。
一條の顔が見えた。
目を見開いた顔が、顔だけが浮いている。
ドサッと鈍い音を立てて、真っ白な雪の上に転がり落ちる。
スキー板が一條の首をばっさりと切断した。
頭を無くした体から、真っ赤な血が勢いよく噴き上がる。
周りの奴らは叫びながら逃げていくが、俺は動かなかった。
首を失った一條の体から、目を離すことができない。
隣にいる葵も、じっと動かない。
血が噴水のように弧を描く。
綺麗《きれい》だ。
葵と一緒に鮮血を浴びながら、俺は興奮していた。

薄汚い一條の血が、渦を巻いて排水口に吸い込まれていく。
俺はレストハウスのシャワー室でぬるま湯を浴びながら、昂《たかぶ》った頭を冷やそうと努めていた。初めて女子と手を繋《つな》いだ時のような気分だ。買ったばかりのコートがダメになってしまったけど、そんなことはどうだっていい。

一條が死んだ。それも普通ではありえない死に方で。

曇った鏡で自分の顔を見ると、口角が上がっている。これじゃまずいと思い、頭から冷水をかぶった。

大会のスタッフが用意してくれたスウェットに着替え、髪を乾かして脱衣所を出る。テープで仕切られたレストランの一角へ行くと、クラスメイトが集まっていた。

ざっと見る限り、いないのは葵と飛野だけだ。

雪の上に落ちた飛野は、救急車で運ばれていった。奇跡的に軽傷で済んだようだが、問題は心の方だろう。自分のスキー板が、友達の首を切断したのだ。病んでも無理はない。

仁志と三ツ橋は顔を真っ青にしている。クラスメイトは一様にスマホを握りしめ、誰一人無駄話をしていなかった。

ふと、佐藤《さとう》水色《みずいろ》が目に留まった。

小太りで鈍臭く、誰にも相手にされていない男だ。中等部の頃はそれなりに虐《いじ》められていて、今でもみんなから蔑《さげす》まれている。

水色は俺と同じスウェットに着替えて、窓際《まどぎわ》で蹲《うずくま》っていた。普段なら居ても居なくても気づかないのに、意識が向いたのには理由がある。

全員が逃げ惑う中、一緒に一條の血を浴びていたからだ。奴は葵とだけ仲がいいので、彼女と共に突っ立っていたんだろう。

その葵はどうだろうか。俺と同じように興奮していただろうか。

そんなことを考えていると、同じスウェットを着た葵が帰ってきた。目が合うが、すぐに逸《そ》らされてしまう。

スマホでＬＩＮＥを開き、葵のアイコンをタップする。

『不謹慎かもしれないけど、前向きに捉えよう』

そう送ると、葵はスマホを手に取った。なのになかなか既読マークが付かない。

それが付いたのは数十分後。帰りのバスの中だった。

『怖いね。』

あっさりとした返信。その淡白さに、毎度のごとく焦《じ》らされる自分がいる。

十六年間生きてきて、恋愛で苦労をしたことは無かった。

平安時代に創建された歴史ある鷹守《たかもり》神社の長男に生まれて、将来は約束されている。宮城屈指の進学校、北耀《ほくよう》学園で成績は常に学年トップクラス。学級委員を務め、クラスメイトからの人望も厚い。好きな子に告白して失敗したことは無かったし、フるのも必ず自分から。

そんな俺が葵にのめり込んでいったきっかけは、出会い系アプリだった。

家でも学校でも良い人間を演じるのは、はっきりいってしんどい。ストレスを発散させる為《ため》に俺は別の人間になりきって、出会いを求める女たちを眺めていた。

大手銀行に勤める二十七歳。趣味は野球観戦とキャンプに、映画鑑賞。Facebook で拾ったイケメンの写真を登録すると通知が鳴り止《や》まず、どんなゲームよりも面白かった。

その日も何気なく女たちの写真をスワイプさせていたら、見憶《みおぼ》えのある顔を見つけた。

白い肌にふっくらとした輪郭、薄い唇に、さらりとしたショートヘア。目元はスタンプで隠してあったが、すぐに葵だと確信した。

ＤＭでやりとりをすると、彼女は自ら女子高生だと伝えてきた。

『パパ活をさせてくれませんか？』

突然そう言われて目を疑った。

葵は極端に大人しく、休み時間も席に座ったまま本を読んでいる。そんな彼女が陰でパパ活をしているなんて。ワクワクした。

銀行員のふりをしてメールをしながら、教室ではただのクラスメイトとして観察すると、彼女が全くの別人に見えてきた。

葵の目には、常に諦念《ていねん》のような寂しさが漂っていた。群れることの無意味さを知っていて、自ら好んで一人でいるように見えた。

自分を偽って優等生を演じている俺には、持ち得ないものを持っている気がした。

本当の葵を知りたくなって、すぐに会う約束を取り付けた。

繁華街の外れにある雑居ビルの三階、隠れ家的なカフェで待ち合わせようと言われ、足を運ぶ。

『一番奥のソファ席に座りました』

メールを確認してからカフェに入ると、その場所に、制服姿の葵がいた。

向かいに座ってスマホを見せると、彼女は絶句した。

「お願い。秘密にしてほしい」

そう前置きして、葵は自身の境遇を話し出した。

彼女には小さい頃から父親がおらず、母親が水商売で稼いでいるらしい。母親は貧困の連鎖を断ち切ろうと寝る間も惜しんで働いて、どうにか葵を北耀学園に入れたという。が、そのせいか重い病を患《わずら》い、学費を払い続けるのが困難になってしまったそうだ。

学校では無口な彼女が、額に汗を滲《にじ》ませて聞いてもいないことを話してくる。

憐《あわ》れで、とても可愛いと思った。

「大丈夫だよ。俺はただ、葵と仲良くなりたかっただけだから」

そう言うと、彼女は不思議そうに俺を見た。

自分でも上手《うま》く説明ができない。これが、恋に堕《お》ちるということなのだろうか。

「ねぇ、こんなことやめて俺と付き合わない？」

俺は心の整理もできないまま、告白していた。

「え？」

驚いた顔が、さらに可愛く見えた。

「援助とかそういうことじゃないけど、彼氏として、応援できることもあるし。うちの親に頼んでやるよ、巫女《みこ》さんってけっこういい金になるし、俺の彼女なら、時給も上げてくれるだろうし」

そんな提案をすると、葵は静かに視線を落とした。

「それは無理」

「付き合ってる奴いるの？」

「いや、いないけど」

「じゃあどうして」

問いただすと、葵は言い難《にく》そうに打ち明けた。

「一条が許さないと思うから」

去年の十一月、お金に困ってパパ活に手を出してしまった時に、その現場をたまたま一条に見られ、写真を撮られてしまったという。

一条は仁志と三ツ橋と共に葵を脅し、もっと過激な援交を強要してきた。誰にも言わない代わりに、稼ぎの半分を渡すという条件だったそうだ。

葵はしかたなく従い、初めて相手の男とラブホテルに入った。だが体を触られると途端に恐ろしくなり、男がシャワーを浴びている間に逃げ出した。

すると一條は、その男を捕まえて恐喝した。

十六歳に手を出すのは重罪だ。一條は男から数万円を受け取り、半分を葵に渡した。

体を売らなくて済むならと、葵は言われるがままそんなことを続けていたそうだ。

その日も、いつも使っているラブホテルのそばで奴らが待機していると言った。

人間のクズだ。

俺は葵の制止を振り切ってカフェを出た。近くのゲームセンターで一條たちを捕まえ、すぐにやめるように言ったが一蹴《いっしゅう》された。

「てかおまえ、葵のことが好きなのか？　じゃあいいもんやるからそれで満足しろ」

一條がスマホをいじると、すぐにクラスのＬＩＮＥグループに画像が届いた。

それは、制服をはだけさせて下着を見せている葵の写真だった。

「勘違いすんなよ。俺が脱がしたんじゃねーぞ？　あいつが変態相手に脱いでたんだよ。で、これは制裁だよ。葵がおまえにチクったことに対してのな」

一條が言うと、仁志がへらへらと笑った。

「ちなみにいいこと教えてやろうか？　葵はあの佐藤水色に惚《ほ》れてんだよ。残念だろうけど諦《あきら》めた方がいいぞ」

「そうそう。葵の奴、懇願してきたんだよな。〈お願いだから水色にだけは言わないでほしい〉って」

三ツ橋が女みたいな口調で言うと、仁志が不安げな声を上げた。

「てかバラしちゃって大丈夫か？　葵の奴、もう働いてくれなくなるんじゃね？」

すると一條はドヤ顔をしながら言った。

「大丈夫だって。水色はこのグループに入れてもらえてねーから。それも計算済みよ」

何も言い返せないでいる俺の肩を、仁志がポンポンと叩《たた》いてくる。

「優等生の鷹守清史郎《せいしろう》くんは、クラスの3トップに逆らったりしないよな？」

三人はげらげら笑いながら、ゲームセンターを出ていった。

本当にクソみたいな奴らだ。一條は中等部の頃から、二と三という数字が苗字《みようじ》に入っている二人を従えて、学校で幅を利《き》かせていた。そのガキっぷりには心底呆《あき》れるし、3トップだと自称している頭の弱さには憐れみすら感じる。

だがそんな奴らに、俺は何も言い返すことができなかった。

悔しさに打ち震えながらカフェに戻ると、葵はいなかった。

ＬＩＮＥグループからも退出していた。

翌日、鬱々《うつうつ》としながら登校すると、葵は変わらず自分の席で本を読んでいた。

『可哀想《かわいそう》だから学校では触れないようにしよ』

そう提案したのは、学校一の美人と言われている美園《みその》レイラだった。彼女に逆らう奴はいないので、全員が葵のことに触れずに過ごしていた。

美園の言う通り、学校では。

ＬＩＮＥの中では盛り上がっていた。

仁志が葵の顔を加工した写真をばらまくと、三ツ橋はそれに卑猥《ひわい》な吹き出しを入れた。三ツ橋と付き合っている海老原《えびはら》咲良《さくら》は、胸にモザイクを入れて送り返した。

それを機に、どれだけ面白い画像を作れるかでみんなは競い合った。花田《はなだ》唯《ゆい》と玉井《たまい》菜々《なな》がそれを採点し、絵が得意な脇充彦《わきみつひこ》は葵の顔のスタンプを作った。

俺は最低だと注意したが、誰もやめなかった。高みの見物をする美園を喜ばせようと、全員が悪趣味な虐めを楽しんでいた。

しかたなく、俺は葵の実情を伏せて、ＬＩＮＥで虐めが起きていると若宮に相談した。

「わかった。俺に任せとけ」

奴はそう言ったが、結局何もしなかった。生徒の恋愛事情にも、ＳＮＳ内のことにも教師は踏み込めないと結論付けた。何が教師だ。一緒に笑ってる奴らと何ら変わりないゲスな男だ。

俺は葵を元気づけようと心がけたが、彼女からの返信はいつも素っ気なかった。陰で笑い者にされていることに気づいていても、辛《つら》そうな顔を見せようとしなかった。

休まず学校に来ているのは、母親の想いを知っているからだろう。

年が明けてすぐ、葵はうちの神社に参拝に来ると、一番高価なお守りと絵馬を買っていった。吊《つ》るされた絵馬を見ると、か細い字が書かれていた。

『お母さんが元気になりますように』

健気《けなげ》で、美しいと思った。

可哀想で、抱きしめてやりたかった。

一條を、仁志を三ツ橋を、殺したかった。クラスの全員が許せなかった。

「おい、清史郎」

名前を呼ばれてハッとする。中等部から仲の良い宇佐見良平《うさみりょうへい》だ。

「着いたぞ」

仙台駅に着いたようで、クラスメイトの大半が立ち上がる。

「あぁ、でも俺学校まで乗ってくから」

「え、なんで」

「ちょっと、学級委員の用事があって」

「そっか、こんな時なのに大変だな。じゃあな」

咄嗟に嘘《うそ》をつくと、宇佐見は疑うこともなく降りていった。

窓の外に葵の姿が見えた。家は学校の近くのはずなのに、どこかに寄るのだろうか。こんな時にどこに行くのだろうか。

追い駆けたいのが本音だが、優先すべきことがある。

学校に着くと俺はひとまず校舎に入った。一緒に降りた連中が見えなくなってから校門を出る。帰り道と反対方向へ走り、緩やかな坂を登っていく。

立ち入り禁止のロープを跨《また》ぎ、多賀山《たかやま》の登山道に入る。その足は軽い。

黒い女を見たのは、昨日の早朝だった。

真っ黒な顔と身体《からだ》に、足元まで伸びた髪。細い体軀《たいく》にひょろ長い手脚。顔には渦巻きのような目があって、それが人間じゃないのは一目瞭然《りょうぜん》だ。その女は美味《おい》しそうに、人間の生首をぺろぺろと舐《な》めていた。

ハッと目を覚まし、すぐに夢だということに気がついた。けれどただの夢じゃない。トラウマのように刻まれた古い記憶が蘇《よみがえ》る。幼い頃、境内の奥にある蔵で、その女の絵を見たことがあったのだ。

俺はすぐにベッドから出て蔵へ走った。重い鉄扉を開き、小さな裸電球を点《つ》ける。うずたかく積まれた木箱やダンボールの隙間《すきま》を抜け、書物が詰まった棚の前で屈《かが》み込む。幼い時にたまたま見つけたものなので、低い位置にあるはずだ。下の段から一冊ずつ出していくと、一番奥に埃《ほこり》まみれの葛籠《つづら》が収まっていた。これだ。引っ張り出すと中には黒い表紙の書物があり、不気味な儀式の絵が載っていた。

山中にある小さな祠《ほこら》で、着物姿の農民が大きな石に字を彫っている。

伊達《だて》善政《よしまさ》殺《あや》め賜《たま》え伊達善政殺め賜え伊達善政殺め賜え伊達善政殺め賜え

呪詛のような言葉を石の全面に刻み込み、井戸に落としている。

次のページでは、夢で見た女が伊達善政と思われる男の首に喰らい付いていた。

何やら説明が書かれているが、破れたり掠《かす》れたりしている上に、古い言葉で読み難《にく》い。だがその中に、多禍山《たかやま》という字を見つけた。

学校の裏手にある多賀山は、昔は多禍山と書いていたと聞いたことがある。

ドクンと心臓が高鳴り、すぐに社務所へ忍び込んだ。

うちの神社は仙台近辺の小さな社や祠も管理している。パソコンを開いて検索すると、多賀山にある祠のデータが出てきた。

俺はキーボックスから南京錠《ナンキンじょう》のマスターキーを取って社務所を出た。地下鉄の始発に乗り、学校を越えて多賀山へ入った。

うっすらと雪が積もる登山道を十数分進む。スマホで撮っておいた地図を頼りに登っていくと、木々の中に小さな鳥居があり、その奥に祠があった。

薄汚れた板壁には枯れた蔦《つた》が絡《から》まり、辺りの木々に同化している。板戸の取手には錆《さ》びた鎖がぐるぐると巻かれ、南京錠が付いていた。

俺は二礼二拍手をしてから錠を開け、鎖を解いた。板戸は腐りかけていて開かない。無理やり力を加えると取手が崩れ、鎖を掛ける場所がなくなった。

慎重に、騙《だま》すように戸をずらしていくと、黴《かび》の匂《にお》いが鼻を突く。中は四畳半程の簡素な板の間だ。古い縄梯子《なわばしご》が壁に掛かっている他は、何も見当たらない。

ブーツを履いたまま中に上がり、床板を外してみる。下をスマホで照らすと、古い井戸があった。蓋《ふた》の上に大小様々な石がピラミッドのように積まれており、太い注連縄《しめなわ》が巻かれ、仰々しいお札が貼《は》られている。

俺は大きな石を拾い、鞄《かばん》から彫刻刀を出した。

一條毅殺め賜え一條毅殺め賜え一條毅殺め賜え一條毅殺め賜え
疎《うと》ましい名前を石に深く刻み込む。時間をかけて表面全《すべ》てに彫り終えると、床下に降りて注連縄にカッターを食い込ませた。擦《こす》り付けるように刃を往復させると、太い縄はあっけなく切れた。

とん。

音がしたのはその時だった。

とん。とん。

小突くような振動がして、ピラミッドの頂点の石が転がり落ちた。

下だ。石の下から、何かが叩いている。

とん。とん。とん。

徐々にそれが強くなってきて、石がばらばらと崩れ落ちてくる。

黒い女だ。奴が出てくるのだ。ゾワッと全身に鳥肌が立ち、俺は慌《あわ》てて祠を飛び出した。裏に茂る木に回り込み、そっと様子を窺《うかが》う。

静かだ。もう音は聞こえない。黒い女が出てくる気配はない。しばらくじっとしていたが何も起こらないので、恐る恐る祠に戻った。

崩れた石のピラミッドの下に、黒ずんだ蓋が見える。半円の板が二枚合わせになっていて、真ん中に細い隙間が開いている。覗《のぞ》き込むが暗闇《くらやみ》しか見えない。

ここから黒い女が出てきたのだろうか。もしかしたら、普通の人間には見ることができないのかもしれない。

俺は深々と頭を下げて手を合わせ、一条の名を彫った石を投げ入れた。

そして今日、一条は死んだ。

冷静に考えれば信じられない出来事だが、この世には科学で説明できないことが溢《あふ》れている。神社の息子として育った俺にとって、それは当然の摂理だ。

奴があの黒い女に殺されたのは、疑いようのない事実。

天が裁きを下したのだ。

そう思うと清々《すがすが》しかった。

登山道を駆け上がり、再び祠へと走る。

戸を開けて床板を外す。昨日と全く同じ工程だが、動きは倍速のように速い。

井戸の蓋に転がっている石を拾い、一心不乱に名前を彫った。

仁志と三ツ橋。さらに率先して葵を馬鹿《ばか》にしていた海老原と花田、玉井の名前を刻み込む。葵のスタンプを作った脇と、陰で全員を煽《あお》っている美園。そこまで彫ったところで、我に返った。

つい夢中になってしまったが、焦《あせ》りは禁物だ。書物の最後の方を思い出す。

大量の石を井戸に落とす絵があり、その横に町が火事になった地獄絵図が描かれていた。一度にたくさんの殺人を頼みすぎて、町ごと餌食《えじき》になったのだろう。欲を出して同じようなことをすれば、自分も巻き添えを喰うかもしれない。

すぐにでも全員を殺してやりたかったが、一人ずつだ。

ひとまず深呼吸をして、祈りを捧《ささ》げる。感謝の念を込めながら、両手で石を握る。まずは仁科からだ。

奴の名を刻んだ石を井戸へ落とすと、ガコンという音が響いた。

干涸《ひか》らびているし、それほど深くもない。

けれど、底は見えない。

底無しの暗闇が、無言で微笑《ほほえ》んでいるように見えた。

二月三日　月曜日

Monday, February 3

朝の仙台駅は人でごった返しているが、派手な紫のマフラーはすぐ目に留まった。

悪ぶっている奴《やつ》らは冬でもコートを着ようとしない。仁志もその一人だ。ブレザーにマフラーだけを巻き、寒がる様子も見せずに歩いている。

時計を見ると、すでに八時を過ぎていた。遅刻確定だが、急ぐ素ぶりは見られない。

仁志は改札にスマホをタッチしてエスカレーターに乗った。行き先は学校なので焦《あせ》る必要はない。俺は充分な間隔を取って改札を抜ける。下に降りると、奴はまだスマホをいじっていた。俯《うつむ》きながらホームの端ぎりぎりを歩いていく。

正面から勢い良く地下鉄が走ってくる。

「白線の内側をお歩き下さい」

アナウンスが入るが、仁志は顔を上げない。耳に届いていないようだ。

強風が吹き抜ける。迫り来る地下鉄のフロントガラスに、昨日のスキー板が映って見えた。仁志が轢《ひ》かれる。

ぞわりとしたが、そこにはホームドアがあった。地下鉄はスピードを緩め、何事もなく停車した。仁志はスマホをいじりながら乗り込んでいく。

俺は少し落胆し、ホームのベンチに腰掛けた。万が一車内で奴が襲われたら、巻き添えを喰う可能性があるからだ。

ガタッという音が聞こえて、顔を上げる。

仁志が、屈《かが》みながら半身を外に出していた。スマホをホームに落としたようだ。閉まりかけているドアに左手を掛け、右手を外に伸ばしている。

だがドアは止まらない。プシューッという空気音を響かせ、仁志の体を挟んだまま閉じようとする。

「ゔぅっ」と仁志は声を上げた。下半身が車両のドアに挟まれ、頭がホームドアに挟まれている。俺は思わず立ち上がった。

一瞬の静寂の後、地下鉄が微《かす》かに揺れた。動き出す前触れだ。

「助けて!!」

仁志が裏返った声を上げる。車内の乗客がドアをこじ開けようとするが、微動だにしない。誰かが非常停止ボタンを押すが、何も起こらない。

「助けて!!」

悲鳴と同時に地下鉄が走り出す。俺の鼓動も加速する。

めりめりめりめりっ

頭が捥《も》げる音が聞こえてくる。

「ゔあぁああああぁっぁあぁあああぁあ!!」

仁志が叫ぶ。

俺は目を逸《そ》らさずに、その顔を見続ける。

地下鉄があっさりと、奴の体だけを運んでいった。

残された生首から溢《あふ》れ出る血が、ホームを濡《ぬ》らしていく。

「あぁあうぅぁっぁあぁぅううぅああぁ」

仁志は目を剝《む》き、呻《うめ》き続けている。

首から下を失っても、声を出せるとは。

感心しながら歩み寄ると、奴は俺を見た。

目が合った状態で、動かなくなった。

俺は階段を駆け上がって地上に出た。地下鉄の運行がストップするのは明白なので、タクシーを拾って学校へ向かう。

もう間違いない。偶然なわけがない。放課後またあの祠《ほこら》へ行こう。

校門の前でタクシーを降りると、マスコミが集まっていた。地元の放送局だけじゃなく、全国放送で目にするアナウンサーの姿まである。

一條の事件だけでこれほどの数が来ているのだ。仁志死亡の一報が入ったら、どうなるのだろうか。

マスコミを無視して校舎に入る。靴を履き替えていた時、はたと気がついた。

どうして放課後まで待つ必要がある？

真面目《まじめ》に登校してる場合じゃない。クラス全員を殺してやりたいが、葵を苦しめた元凶はあと一人だけだ。三ツ橋を殺し、すぐにでも祝杯を上げたい。

登校してくる生徒と会わないように裏門を出て、人通りのない坂道を駆け上がる。多賀山へ入り、雪で足を濡らしながら祠へ走る。

滑りがよくなった戸を開け、床板を外す。もう慣れたものだ。

昨日彫っておいた三ツ橋の石を手に取ると、無意識のうちに呟《つぶや》いてしまう。

「葵、これでひとまず安心だぞ」

すると背後から、ギィッと音がした。

すぐに振り返る。辺りを見回すが誰もいない。

黒い女だろうか。返事をしてくれたのだろうか。

俺は彼女に感謝しながら、三ツ橋の石を投げ入れる。

「どうか、宜《よろ》しくお願い致します」

しっかりと届くよう声に出し、彼女に祈りを捧《ささ》げた。

学校に戻ると、全校集会を終えたばかりの校内は大騒ぎになっていた。一条の件で体育館に集められたのに、その最中に仁志の一報が入ってきたようだ。

平和な学園に降って湧《わ》いた事件のせいで、生徒も教師も色めき立っている。

それもただの事件じゃない。同じクラスの生徒が二日連続で、共に首を切断されて死んだのだ。

「ありえないよね」「何かの呪《のろ》いじゃない？」

廊下を歩くと、早くもそんな噂話《うわさばなし》が聞こえてくる。

去年建て替えられた高等部の校舎は真新しく、窓が多い開放的な造りになっている。どこに顔を向けても光が差し込んでくるのに、一年四組の教室だけはどんよりと暗い。数ミリの窓ガラス一枚を隔てて、廊下と空気がまるで違う。

俺は辛《つら》そうな顔を作ってからドアを開け、無言のまま席に着いた。

校庭側には長いベランダが続いている。三階なので見晴らしも良く、一条たちはいつもそこでだべっていた。今日も同じ場所に三ツ橋がいる。柵にもたれかかりながら、海老原と寄り添っている。

こいつにいつ鉄槌《てっつい》が下るのだろうか。一条も仁志も石を落とした翌日に死んだので、きっと明日までの命だろう。窓越しに奴の顔を拝みながら、机の上で手を結ぶ。

まだ休み時間なのに全員が揃《そろ》っていた。席を立っている奴もいるが、会話の声は極端に小さい。葵はいつもと何ら変わらず静かに本を読んでいた。欠席しているのは飛野だけのようだ。

チャイムと同時に若宮が入ってきた。三時間目までホームルームに変更だと告げ、目を腫《は》らしながら状況を話し出す。

まだ詳細がわかっていないようだが、地下鉄の安全装置が作動せず、電車が勝手に発進したそうだ。運転士がブレーキをかけても止まらなかったという。

警察は事故と見て捜査をしているようだ。当然殺人とは考えないだろうし、超常現象と判断することもないだろう。

「大事な仲間が、立て続けに不運な事故に巻き込まれたと思うしかない」

若宮は漏らすように言い、その後はスクールカウンセラーが来て話し出した。

四時間目からは通常授業に戻ったが、先生も気を遣っているようで、中身は薄かった。

俺はぼーっと、葵の背中だけを見て過ごしていた。

『偶然だと思う？』

昼休みに、葵からＬＩＮＥが届いた。

葵は目も合わせようとしてこないが、怯《おび》えているのが手に取るようにわかる。

『偶然じゃなかったら何だと思う？』

しらばっくれると返信はこなかった。


放課後、教室の掃除を終えて図書室へ行くと、佐藤水色と目が合った。

水色は顔を隠すように俯《うつむ》いた。他には誰もいないようだ。

「お疲れ」

俺は爽《さわ》やかな声をかけながら、離れたテーブルに鞄《かばん》を置いた。

葵は来ないのだろうか。水色に聞くのが手っ取り早いが、そうはしたくない。

こいつは葵と幼馴染《おさななじ》みで、彼女が仲良くしている唯一《ゆいいつ》の存在だ。クラスでは一言も喋《しゃべ》らないくせに、ここで葵と一緒に過ごしていることが多かった。

すぐに出て行くと不自然なので、広辞苑《こうじえん》を取って机に座る。適当にページをめくっていると、水色がこっちを見た。

「た、鷹守くん、事件のこと、何か知らない？」

目を泳がせ、言葉を詰まらせながら聞いてくる。こいつは俺のことに何か感づいているのだろうか。少し驚いた。

「知らないけど。なんで」

「葵の様子が何かおかしくて。鷹守くんなら、何か、知ってるんじゃないかなって」

「え、なんで俺が」

「いや、まぁ、みんなと仲良いし」

「当然だろ。あんな事件があったんだから、不安がらない奴の方がおかしくね？」

そう言うと、水色は顔を本に戻した。

「そ、そうだよね」

鷹守くんなら、と言うのは単に俺がみんなの中心にいるからなのか、それとも俺と葵の関係を知っているのだろうか。わからない。

「で、でも葵、去年からずっと元気がなかったんだよね。なんでか知らないよね？」

それを聞いてほっとする。一条が言った通りだ。こいつはクラスのＬＩＮＥグループに入れてもらえていないから、まだ葵の写真のことを知らないのだ。

「へぇ。知らないけど。べつに興味ないし」

しらを切ってから、探りを入れようと思い立つ。

「何、おまえ、葵莉子のこと好きなの？」

水色はわかりやすく目を逸らし、首を横に振った。

やはり、こいつは葵に惚《ほ》れている。

〈お願いだから水色にだけは言わないでほしい〉

葵が一条にそう懇願したというのが事実なら、両想《りょうおも》いということだ。

いくら幼馴染みとはいえ、こんな奴に負けるのが許せない。

広辞苑に目を戻すと、『嫉妬《しっと》』という文字があった。無意識で引いていたのだろうか。とにかく腹が立つ。その文字を睨《にら》んでいると、水色は席を立った。

「帰るね」

それだけ言って、図書室を出ていった。

窓際《まどぎわ》に立って一息つく。外はもうだいぶ暗い。広辞苑を棚に戻して図書室を出ると、水色が戻ってきた。

「何だよ」

「ちょっと来て」

「何」

「あれ、見える？」

水色はそう言いながら暗い廊下を見つめた。

視線を追うと、得体の知れないものがいた。

暗がりの中に、真っ黒な影がある。よく見えないが、体は小さい。目玉のようなものが二つ、不気味に赤く光っている。くちゃくちゃと音がする。細い腕で何かを摑《つか》んで食べているようだ。

あの女だろうか。三ツ橋を探しに来たのだろうか。

文献で見た姿とは程遠いが、そんな予感がした。

後ずさりをすると、水色はゆっくりと歩を進めた。

その勇気に驚く。

俺も引くわけにいかない。

足を止めると、黒い影は素早い動きでこっちを見た。赤い目玉で俺たちを捉《とら》えたまま、壁に跳び付く。鉤爪《かぎづめ》のような指で窓枠を掴み、重力を無視するように登っていく。上の小窓が開いていたようで、その中に消えていった。

生物室だ。水色が迷わず近づいていくので、俺も後に続く。

手前にあるドアにぴたりと背中を付けてから、無言で目を合わせる。一緒に窓から覗《のぞ》くと、実験器具の向こうに黒い背中が見えた。

女だ。

窓際の水道で手を洗っているようだ。うっすらと、セーラー服の襟が見える。うちの制服じゃない。

キュッと蛇口を締める音が響き、女が振り返った。ぶわりと鳥肌が立ち、俺たちは咄《とっ》嗟《さ》に身を隠した。

足音が追ってくる。やばい。俺は走り出した。廊下を曲がって昇降口へ駆け込む。振り返ると、水色が遅れて駆けてくる。

俺は無言で靴を履き替え、「じゃあな」と言って校舎を出た。

小走りで坂道を駆け下りる。

廊下で見た小さな影はなんだったのだろうか。わからない。

何故《なぜ》セーラー服を着ていたのかも、わからない。

わからないことだらけだが、邪悪なものであることは確かだ。

願いを聞いてくれたあいつだ。

俺が呼び醒《さ》ました、黒い女に違いない。

二月四日　火曜日

Tuesday, February 4

三ツ橋はどう死ぬのだろうか。

見届けたい気持ちは山々だったが、今日は諦《あきら》めた。

奴《やつ》はバス通学なので、バスもろとも事故る可能性があるからだ。

緊張なのか高揚なのか。よくわからない胸の高鳴りを抑えながら登校する。

うじゃうじゃと集まるマスコミを無視して校舎へ入り、教室のドアを開ける。

三ツ橋はいた。まだ生きていた。

隣の席に海老原が腰掛けている。会話までは聞こえないが、彼女が勧めるいちごポッキーをボソボソと齧《かじ》っている。

黒い女が学校にいたということは、校内で殺されるのかもしれない。その場合も一条と仁志と同じように、首が飛んで死ぬのだろうか。まさかいちごポッキーで死ぬことはないだろうが、気を抜くことはできない。

三ツ橋を気にかけながら座っていると、視線を感じた。

水色がこっちを見ている。昨日のことを引きずっているのだろう。

俺は席を立ち、水色の机にガムを置いた。「落ち着け」というメッセージだ。廊下に出てトイレへ向かうと、ちょうど葵が登校してきた。

「おはよ」

「おはよう」

葵は白いマフラーをくるくると畳みながら、いつも通りの顔で言った。

その素っ気なさに焦《じ》らされつつ、それが魅力的だと思ってしまう。

三ツ橋が死んだら、全《すべ》てを打ち明けるべきだろうか。

そしたら葵は恐れるだろうか。喜ぶだろうか。

チャイムが鳴ると、すぐに若宮が入ってきた。

いつもより髪が決まっているように見える。まるで新学期の始まりかのように、はつらつとした目をしている。

「えぇと、こんなタイミングだけど、我らが一年四組に転校生が来ました」

教室がざわつく。なんでこの状況のうちのクラスに。と思ったが、二人も生徒が減ったからかもしれない。

「入って」

若宮が言うと同時にドアが開き、俺は息を呑《の》んだ。

最初に黒が見えた。昨日見た、あのセーラー服だ。

ツカツカと上靴を響かせて、黒板の前で顔を上げる。

ざわついていたクラスが静まり返る。

とてつもなく美人だった。

男子も女子も、その容姿に釘付《くぎづ》けになっている。

若宮がドヤ顔をしながら、黒板に名前を書く。チョークの音に重ねるように、彼女は自ら話し出した。

「縦島《たてじま》ひとで、十六歳です。あ、歳《とし》はいいか。みんな同じだもんね」

くだけた様子ではにかむと、血色の良い唇から八重歯が覗《のぞ》いた。

「お父さんの転勤が多くて色んな街に住んできたけど、生まれは熊本です。九歳まで住んでいました。小さい頃から、ひとでなしのひとでちゃんって呼ばれてます。仙台も、宮城県も初めてです。あ、まだ前の学校の制服のままでちょっと恥ずかしいけど、色々教えてください。どうぞ、よろしくお願いします」

ぺこりと頭を下げると、前髪がふわりと揺れた。その下に、くりっとした黒目がちの瞳《ひとみ》。綺麗《きれい》な二重目蓋《まぶた》を隠すような長い睫毛《まつげ》。つんと斜め上を向いた鼻。顎《あご》のラインで切り揃《そろ》えられた黒髪。セーラー服は真っ黒で、対比するように真っ白な肌が輝いている。

背は低いけどそのぶん顔が小さくて、体も細い。

あの黒い女とは似ても似つかないし、生物室で見た背中とも印象が違う。

どういうことだろうか。俺は混乱していた。

「はい、素晴らしい自己紹介をサンキュー。しんどい出来事が続いたけど、これを機に明るく前向きにやっていこうな」

若宮が言うと、全員が拍手をした。

「じゃ、とりあえずそこに座って」

若宮が指差したのは一條の席だった。

すぅっと空気が冷え込むのがわかる。

「あ、大丈夫だから。机も椅子《いす》も新しいものに替えてあるから、気にしないで」

本当に頭の悪い男だ。こいつの無神経さにはイラッとする。こんな大人には死んでもなりたくない。全員がそう思っているだろう。

縦島ひとでは照れ臭そうな顔をしたまま、一條がいた窓際《まどぎわ》の席へ歩いてくる。俺のすぐ斜め前だ。大きなリュックを椅子に掛けながら、こっちを見てきた。

その目に引き寄せられてしまう。

悪魔のように美人だからか。いや違う。

美人なのに、悪魔だからだろう。

俺の疑念をよそに、彼女はすぐにクラスに溶け込んだ。

『生物室で見た奴だよな？』

水色にＬＩＮＥを送ると、瞬時に返事がきた。

『だと思う』

やはり、間違いない。

ひとでは人間じゃない。黒い女が化けている。

頭ではそう思うが、実際に彼女を間近で見ると、ただの人間としか思えない。

常人離れした美貌《びぼう》を持ちつつも、クラスメイトと笑ったりはしゃいだりしている様は、普通の女子高生にしか見えなかった。

何をどうするべきかわからない。気を紛らわせようとスマホをいじっていると、水色からＬＩＮＥがきた。

『さっきはガムをありがとう』

お礼と一緒に、のび太が頭を下げているスタンプが届き、僅《わず》かに緊張が和らいだ。

ひとでは昨日、早くも部活を見学し、野球部の馬場《ばば》和希《かずき》や女子テニス部の連中、他にも色んな奴らと会っていたそうだ。みんな一様に、彼女といち早く仲良くなったことを自慢げに話している。

授業が終わる度に、美人転校生を一目見ようと生徒が覗きに来た。二年も三年も、男子も女子も押し寄せた。

当のひとではというと、注目を浴びて恥じらっているようには見えても、優越感に浸っている感じはしなかった。自分の可愛《かわい》さをひけらかすことはなかったし、かといってわざとらしく謙遜《けんそん》したりもしない。彼女の非日常的な美しさと、自然に振りまかれる愛《あい》嬌《きょう》は、クラスメイト二人の怪死を忘れさせてしまうほどの高揚感をもたらしていた。

黒い女とは、関係ないのだろうか。

どんよりとしていた教室が明るくなり、俺の疑念は揺さぶられた。

『放課後ちょっと話そう』

水色に返事をしたのは四時間目、生物の授業中だった。

梅原《うめはら》という定年間近の爺《じい》さんが、教室に入って来るなり恐ろしいことを言ったのだ。

「昨日、解剖用のカエルが一匹いなくなったんだが、知ってる者はいないか？」

ドキッとした。

教室は静かなままだ。もはやそんなことでざわつくようなクラスじゃないのだろう。

美園が「知りません」と言うと、全員が静かに同意を示した。

あの悪魔のような小さな生き物のことを思い出す。生物室の前で食べていたのはカエルだったのだろうか。くちゃくちゃという音が耳に蘇《よみがえ》る。

ひとでを見ると、何の反応も見せていなかった。

「てか先生、ガチで解剖やるんですか」

花田が聞くと、「キモッ」「ヤバイよね」「無理」などと、口々に女子から声が上がる。

ひとでも「怖いよー」と隣の玉井に話しかけている。

「解剖はね、命を学ぶ為《ため》の大事な勉強なんだよ」

梅原が宥《なだ》めるように言うと、美園が言った。

「先生、あたしたちは今、身をもって命を学んでますけど」

教室が静まり返り、「確かにね」と梅原が頷《うなず》いた。

さすがの一言だ。美園はＩＴ企業を経営する父親と元モデルの母親を持ち、頭脳明晰《めいせき》で美人、その上スタイルも抜群。宇佐見は何度も告っていたし、あの一条も惚《ほ》れていた。そのカリスマ性で男女問わず人気があり、中等部の頃からスクールカーストの頂点に君臨し続けている。

ブブブブと振動音が鳴り響く。

クラス全員のスマホが一斉に震えた。梅原は耳が遠いので気づいていない。

開くと、クラスのＬＩＮＥグループにひとでが参加していた。さっそく美園が招待したようで、ひとでからスタンプが届いている。カエルが泣いているそのスタンプに、続々とつっこみが入って振動が止まらない。

ひとでのアイコンは緑の葉っぱだ。拡大してみると、手のひらを広げたような形をしている。天狗《てんぐ》が団扇《うちわ》にしているという、やつでの葉だ。

　こいつは妖怪《ようかい》の類《たぐい》なのだろうか。天狗なんて完全に架空のものだと思っていたが、今やそうとも言い切れない。

昼休み、若宮に呼ばれて職員室に行くと、クラスの様子を聞かれた。見ての通りですと答えると、若宮は悔しそうな顔を見せて言った。

「俺はおまえらに寄り添ってるつもりだけど、思春期真《ま》っ只中《ただなか》のおまえらが、教師に心を開けないってこともわかってんだよ。だから鷹守、何かあったら報告してくれよな」

　葵への虐《いじ》めでは何も動かなかったくせに、何が寄り添ってるだ。控えめに言って反吐《へど》が出る。生徒想《おも》いの熱い教師、だけど身のほどもわきまえている、みたいな自分を演出して、職員室で披露しているのだ。

　三ツ橋が無事死んだら、今度はおまえを殺してやろうか。本気でそう考えながら職員室を出た。

　一階に降りて食堂へ行くと、甲高い笑い声が聞こえてきた。窓際のテーブルにたくさんの女子が集まっていて、その中心に美園とひとでがいる。

　玉井がタロットカードをしまっている。得意の占いを披露していたようだ。

ひとではケチャップのようなチョコレートソースを持参していて、それを人参《にんじん》スティックに付けて食べ始めた。女子たちが馬鹿《ばか》みたいな悲鳴を上げる。

「え、なんで。美味《おい》しいよ？」

ひとではけろっとしながら人参を平らげ、今度は大根に手を伸ばした。

「ちょっと、どんだけ食べるのよ」

美園が笑う。野菜スティックは彼女の昼飯のようだ。

「じゃあ、あーん」

ひとでは微笑みながら、大根にチョコを付けて美園の口へ運んだ。美園はパクッと食べ、「不味《まず》っ」と天を仰ぐ。

「レイラ、味覚おかしいんじゃない？　野菜ばっか食べてるからだよ」

ひとでがツッコミ風のボケをかまし、爆笑が起きた。

女子はみんな美園に気に入られようと必死なのに、ひとでは違う。奴に媚《こ》びる様子がないので、周りの女子たちは痛快なのだろう。

それでいて、ひとでは美園へのフォローも忘れていない。奴の食生活の話から、自然な流れでスタイルを維持する秘訣《ひけつ》を聞いている。美園は得意げに話しているが、今グループの中心にいるのは、間違いなくひとでだ。

その笑顔が完璧《かんぺき》に見えて、不気味だった。

昼飯を食べ終えて教室に戻ると、葵は自分の席で本を読んでいた。

その丸っこい横顔を見ると、ほっとした気分になる。ひとでにも美園にも無い、血の通った可愛らしさがそこにある。

「清史郎、大丈夫か？」

宇佐見が声をかけてきた。珍しく一人で昼飯を食べたので心配しているようだ。

「べつに大丈夫だよ」

俺は自然な笑顔を向けて教室を出た。

三ッ橋はどうしているだろうか。食堂にもいなかったし、体育館にもいない。階段を上って屋上に出ると、奴はいた。

うっすらと霧雨が降る中、柵《さく》の前に屈《かが》み込み、バケツに溜《た》まった水をいじっている。

その横で、海老原が三ッ橋にスマホを見せている。しぶとく元気づけようとしているのか、お笑いの動画を流していた。

反対側へ行くと、下のゴミ置場に目が留まった。錆《さ》びたトタン板が立てかけられている。断面はかなり鋭利だ。あれが風で舞い上がり、襲ってくるのかもしれない。

振り返って三ッ橋を見ると、辺りがぱっと明るくなった。

「見て」

海老原が空を見上げて声を出す。

雲が切れ、大きな虹《にじ》が見えた。

「綺麗《きれい》だね。きっといいことあるよ」

海老原が嬉《うれ》しそうに三ツ橋の手を握ると、奴はこくりと頷いた。

違う。これからおまえを待っているのは、いいことなんかじゃない。

俺は二人に背を向けて校庭を見下ろした。

すると隅の花壇の前に、水色がいた。

その隣に、ひとでが立っている。三ツ橋たちと同じように、並んで虹を見上げている。

さっきスクールカーストの頂点で話を回していたかと思えば、今は最下層の水色と虹を見上げている。やはり、普通じゃない。

鉈《なた》を振り上げたひとでが物凄《ものすご》い勢いで走ってきて、三ツ橋の首をバッサリ切る。

そんな想像をしていたら、チャイムが鳴った。

海老原が三ツ橋の手を引いて屋上を出ていく。奴がいじっていたバケツを覗くと、小さな蜘蛛《くも》が浮いていた。水から出ることができずに、じたばたともがいている。

三ツ橋が弄《もてあそ》んでいたのだろう。やはり最低な男だ。

細い脚を摘《つま》んで柵の上へ逃がしてやると、濡《ぬ》れた蜘蛛は輝いて見えた。

良いことがありそうな気がしていたが、いつまで経《た》っても何も起きない。放課後になり、俺は苛立《いらだ》ちながら図書室へ向かった。

水色の他に誰もいないことを確認して、奴の隣に座る。

「どう思う?」

単刀直入に聞くと、水色は読んでいた本を閉じた。

「どう思うって……?」

「わかるだろ。縦島ひとでだよ。生物室のカエル、絶対あいつの仕業だろ?」

「いや、どうかなぁ……。あの変な生き物が食べてたのは、カエルだと思うけど」

「けど?」

聞き返すと、水色はか細い声で言った。

「ひとでちゃんも、それを見て生物室に入ったのかもしれないし……」

ひとでちゃん。こいつはひとでのことを、早くもちゃんづけで呼んでいる。

「何おまえ、もう仲良くなったのか?」

「え?」

「昼休み、一緒に虹を見てただろ。カエルのこと聞いたのか?」

冷めた視線を送ると、水色は小刻みに首を振った。

「いや、聞けないよ……」

「そっか。でもなんか、イイ感じに見えたけどな」

鼻で笑うと、水色はぱらぱらと本をめくり出した。

「え、いや、そんなことないよ。向こうから話しかけてきて、ちょっと世間話をしただけだし」

こんなにぺらぺら喋る水色を見たことない。

「ずいぶん饒舌《じょうぜつ》だな」

そう言うと、今度は黙り込んだ。

「水色さぁ、あいつのこと調べてくんね？　なんかあいつ、不気味なんだよなぁ」

「どうしてそう思うの？」

「完璧すぎるって言うか、色々と巧《うま》すぎるって言うか」

こいつにひとでを調べさせたいが、黒い女のことは話せない。巧く言いくるめて利用しようとすると、水色は急に振り返った。

ドアのそば、本棚の向こう側に葵が立っていた。

「あ、ごめん、盗み聞きしようとしたわけじゃないんだけど」

葵は小声で弁解しながら本を探し始めた。昨日の俺と同じだ。本になんて用が無いのが手に取るようにわかる。水色はわかりやすく目を泳がせている。

「でも私も、なんか少し、不気味に見えるな」

本棚越しに葵が言った。

やはり他の奴らとは違う。葵はひとでの怪しさを察しているのだ。

「だよな」

俺はすぐに同意を示したが、葵はこっちを見ずに言った。

「水色はそう思わない？」

「え、あ、うん、どうかな……」

水色はしどろもどろに答えた。その顔を見て、葵の目に不満の色が浮かぶ。

俺は考えの甘さに気がついた。葵はひとでを怪しんでいるわけじゃなく、奴のことを良く言う水色に苛ついているだけなのだ。押し込めていた嫉妬《しっと》心《しん》が込み上げてくる。

窓の外に顔を向けると、下校していく三ッ橋と海老原が見えた。

「じゃ、帰るわ」

二人に別れを告げて、俺は図書室を出た。


まるで雪道を歩いているかのような遅い足取りで、奴らは歩いていく。同じスピードをキープするのは一苦労だ。気を抜くとすぐに追いついてしまうので、スマホをいじるふりをしながら様子を窺《うかが》う。

緩やかな坂を降りていくと、二人は県道で信号待ちをしていた。ここは赤が長いのでさらに歩を緩めないといけない。スマホに目を向けた時、甲高いブレーキ音が響いた。

路線バスが車線をはみ出し、三ツ橋の方へ向かっていく。

来た。

俺は足を止め、拳《こぶし》を握り締める。

タイヤが道路を削り取るように、耳障《みみざわ》りな音を立てる。バスは勢いを保ったまま三ツ橋の体をかすめ、信号機に激突した。

奴は無事だった。

と思った瞬間、信号機が崩れ落ちた。

轟音《ごうおん》と共に、強い振動が俺の元まで届く。

三ツ橋はまだ立ち尽くしている。

隣に、首を無くした体が見える。

潰《つぶ》されたのは海老原だった。

頭だけが綺麗に抉《えぐ》り取られている。

背筋がぞくりとした。

後ろから嫌な気配を感じる。振り返ると、水色が立っていた。

その隣に黒が見える。

ひとでだ。

呆然《ぼうぜん》と立ち尽くす水色に対し、まるで品定めをするかのような目をしている。

大きな黒いヘッドフォンを付けて、海老原の方をじっと見つめていた。

警察署の取り調べ室は想像よりもずっと明るく、ドラマで見るような陰気さはなかった。夕日が差し込む大きな窓があり、爽《さわ》やかな観葉植物が置いてある。

いち早く救急車を呼んだのは水色だった。血塗《ちまみ》れの三ツ橋は念の為病院へ運ばれ、俺と水色、そしてひとではパトカーに乗せられてここにいる。

海老原が死んだ。どうして三ツ橋じゃなくて奴が。

疑問で頭がいっぱいだった。

俺は一昨日《おととい》、勢い余って大勢の名前を石に刻んだ。その中に海老原も含まれていたので、間違えて井戸に投げ入れたのか？　いや、そんな凡ミスをするはずがない。

海老原の石は井戸の蓋に放置して出たはずだが、投げ入れなくても効力があるのだろうか。だとしたら、この先他の奴らも餌食《えじき》になるのだろうか。肝心の三ツ橋は、これから殺してくれるのだろうか。

いくら考えても答えは出ない。出るはずがない。

ひとでが何者なのかもわからない。

あの場にいた奴の冷め切った目が、脳裏にはっきりと焼きついている。

「鷹守くんは昨日、地下鉄の事故の時も現場にいたよね？」

女の刑事に言われて、ドキッとした。

「あぁ、はい」

答えながら胸を落ち着かせる。驚くことはない。防犯カメラに映っていたのだろう。

「一條のこともあったし、その場にいるのが怖くて、すぐに駅を出ました」

怯《おび》えた芝居をしながら話すと、男の刑事と目が合った。

スリムなスーツから伸びた細い首に、表情を剝《は》ぎ取ったような顔が付いている。歳を重ねた雰囲気は感じるが、顔自体はつるんとしていて若くも見える。すらりとした指を顎の下で結んだまま、視線だけしか動かさない。一度も声を発しておらず、不気味さはひとでにも負けていなかった。

「そうだよね、こんなことが立て続けに起きて、怖いよね」

そいつとは対照的に、女性刑事は穏やかに微笑みかけてくる。

その時、ゴソゴソッと音がした。

視界の端で何かが動いた気がする。そこにあるのはひとでの大きなリュックだ。真っ黒な制服に合わせているのだろうか。ファスナーや金具までもが黒く、フックに掛けられているヘッドフォンも黒い。

自然と、そこに黒い女を重ねてしまう。

ひとではリュックを気に留めることもなく、刑事たちに顔を向けていた。

女性刑事は俺たちを気遣いながら質問を続ける。

俺とひとでは見たままのことを答え続けたが、水色はいつまで経っても声を震わせていた。こんなに情けない男の何がいいのかと、つい葵のことを考えてしまう。

「何か辛《つら》いと思ったら、躊躇《ためら》わないで病院を受診するようにしてね」

女性刑事はＰＴＳＤに関する小冊子を差し出し、お礼を告げた。

「じゃあこれで。どうもありがとう。親御さんが迎えに来るまでここにいてね」

すると男の方は頭を下げることもなく、そそくさと立ち去った。

気味が悪い。結局、最後まで言葉を発しなかった。

「うちの親、来れないみたいなんで一人で帰ります」

俺は立ち上がって、ひとでと水色に顔を向けた。

「じゃあな。また明日」

「うん、またね」

ひとでがそう言い、水色はこくりと頷いた。その顔は真っ青だ。

「あんまり気を落とすなよ」

優しさを装《よそお》って声をかけたが、奴は何も言わなかった。

女性刑事に連れられて廊下を歩く。正面口に着くと、彼女がドアを開けてくれた。

風が刺すように冷たい。マフラーを巻きながら門を出ようとした時、声がした。

「待って」

ひとでが走ってきた。セーラー服のままでコートも着ていない。

「何？」

「鷹守くんの家って、大きな神社なんだよね？」

「あぁ、そうだけど」

「あとで遊びに行っていい？」

こんなことの後に遊びに来たいだなんて、やはりおかしい。気色が悪い。

「え、あとでって、今日？」

「うん、なんか不安で、お守りとか欲しくなっちゃって」

「あぁ、でも悪い、今日忙しいから。あ、べつに俺いなくてもお守りは買えるけど」

やんわり断ると、「そっか」とひとではにかんだ。

「じゃあね」

くるっとターンし、駆け足で警察署へ戻っていく。真っ黒なスカートが不気味に揺れている。思わず見入っていると、彼女はおもむろに足を止めた。

振り返り、ゆっくりとこっちを見る。

ぞくりとする。

俺は咄嗟《とっさ》に背中を向け、振り返らずに門を出た。

二月五日　水曜日

Wednesday, February 5

倍増したマスコミが、石の裏でわらわらと蠢《うごめ》く虫のように見える。

全く別の要因による事故が三度も続き、その被害者が全て同じ学校、同じクラスの生徒なのだから無理もない。誰がどう見ても偶然とは思えないだろうし、かといって超常現象と報道することもできない。校門前で渦巻く疑問と興奮が、電波に乗って日本全国へ振りまかれていく。

臨時で体育館に集められた生徒は静まり返り、誰もが恐怖しているように見えた。校長の声だけが寒々しく、高い天井に響いている。

今日は三時間授業になり、うちのクラスだけは全《すべ》てホームルームになるそうだ。

教室に戻ると再びカウンセラーが来た。俺たちの心のケアに全力を尽くすと言って、熱い想《おも》いを吐露してくる。心をケアしたいのなら今すぐ休校にしろと言いたいが、黙って耐えるしかない。

無駄としか言いようがない時間が過ぎると「絵を描こう」と若宮が言い出した。

誰も文句を言わないのをいいことに、美術室に移動させられる。中に入ると石膏《せっこう》像や色とりどりの果物、造花などが机に並べられていた。

「席を移動してもいいし、喋《しゃべ》ってもいいぞ。自由に描いてみろ。辛《つら》い想い、哀《かな》しい想いをキャンバスに吐き出すんだ」

こんな時でも言うことがクサイし、その傲慢《ごうまん》さに吐き気がする。それでもクラスの奴《やつ》らは仲良い者同士で固まり、言われるがままに絵を描き始めた。

葵はいつもの席に座ると数分で何かを描き終え、小説を出して読み始めた。普段と何ら変わらないその顔だけが、俺の胸を安堵《あんど》させてくれる。

俺は窓辺に置かれたオレンジを適当に描いて寝ようとした。が、近くにひとでがいることに気づき、再び鉛筆を取った。他のモチーフを探すふりをしながら、そっと奴の絵を覗《のぞ》き見る。

「それ、何？」

隣にいる美園がひとでに話しかけた。

「パイナップルだけど」

「蜂《はち》の巣に見えた」

ぼそりとつっこむ美園を、ひとでは冷ややかに睨《にら》んだ。

「おまえの抜群のスタイルを蜂の巣にしてやろうか」

美園がクスッと笑みを見せると、ひとでは頬を赤らめてはにかんだ。

奴に絵の才能は無いようだ。本当に蜂の巣のように見えたので、ついほっとしてしまう自分がいた。

だが油断はできない。絶対こいつには裏がある。

昨日の夜、ひとではうちの神社にお守りを買いにきたのだろうか。気になるが、声をかけたくはない。目を合わせるのも嫌なのに、奴の動向が気になってしかたない。

気分を変えようと席を立つ。一輪挿しの薔薇《ばら》の前に行くと、玉井が俯《うつむ》いていた。海老原と仲が良かったので、絵を描くどころじゃないようだ。一方その奥で、花田はすらすらと鉛筆を走らせている。美園はひとでと話しながら描いている。

三人とも海老原と仲が良かったはずだが、そこには大きな温度差があった。

三ツ橋は学校に来ていない。二人の親友を失った上に彼女があんな死に方をして、相当ショックを受けているのだろう。

黒い女は奴《やつ》を殺してくれるのか。家で死ぬこともあるのだろうか。

そんなことを考えているうちに三時間目も終わり、すぐに下校時間になった。

とはいえ一條の葬式が二時から始まる予定で、全員で参列することになっている。俺は宇佐見や馬場と一緒に仙台駅に行き、マクドナルドに寄ってから斎場へ向かった。

パイプ椅子《いす》の一番後ろに座り、クラスメイトの背中越しに遺影を眺める。

真っ白な花が飾られた真ん中で、一條は太陽のような笑顔を見せていた。

葵を脅していた時もこんな風に笑っていたんだろう。そう思うと一ミクロンの同情も湧《わ》いてこない。だが生気を失った両親の顔は、さすがに直視することができなかった。

クラスメイトの背中を眺めていると、葵の姿が無いことに気がついた。他の奴らは全員出席しているようだ。水色もいるし、ひとでもいる。三ツ橋も来ている。窶《やつ》れた顔をして、柄にもなくハンカチを握っている。

葬儀が終わり棺《ひつぎ》を覗くと、一條の頭は体と繋《つな》がっているように見えた。花に覆《おお》われた綺《き》麗《れい》な死体と、あの壮絶な死が結びつかない。安らかな死に顔が嘘臭《うそくさ》い。

静かだ。息遣いが聞こえるほどの静寂が広がっている。

飛野が顔を真っ青にして俯いている。普通に気の毒に思い、肩を叩《たた》いて声をかけた。

「おまえのせいじゃないよ」

すると飛野は泣き出した。肩を落とし、辛《つら》そうにむせび泣く。

俺は心の中で謝った。

飛野の涙がクラスの奴らに伝播《でんぱ》していく。見渡すと、ほぼ全員が泣いていた。ひとでは目を潤《うる》ませて、一條の遺影を見つめている。遺影で初めて奴の顔を見たくせに、何が哀しいのだろうか。

トイレの個室に入って一息つく。湿った空気と線香の匂《にお》い、坊さんのお経が三点盛りで俺の体を疲弊させていた。

黒い女はいつ、失敗を挽回《ばんかい》してくれるのだろうか。この場で三ツ橋を殺してくれれば、くだらない式も中止になるのに。

胸の内で愚痴りながらその時を待つが、いつまで経っても奴が死ぬことはなかった。

火葬が始まり、揃《そろ》って大広間へ移動する。全員律儀《りちぎ》に焼き終わるまで待つようだ。

「骨になった姿は見たくねーわ」

俺は宇佐見たちにそう言って、そそくさと斎場を抜け出した。

もう限界だった。地下鉄に乗り、通学路を走る。多賀山に入る頃には日が暮れていた。

夜に来たくはなかったが、そうも言っていられない。

海老原が殺されたことで、石の願いが無効になってしまったのだろう。もう一度三ツ橋の石を投げ入れ、一刻も早く奴の死に顔を拝んでぐっすりと眠りたかった。

空はどんどん暗くなり、木々が闇《やみ》に同化していく。

祠《ほこら》を前に深呼吸をしたが、息は整わない。落ち着くことを諦《あきら》め、スマホのライトを翳《かざ》しながら戸を開ける。と、床板が外れたままになっていた。

おかしい。

井戸を覗くと、縄梯子《なわばしご》が垂れ下がっている。昨日まで壁に掛かっていたものだ。誰かがここに来たのだ。下に降りたのだろうか。もしかして、三ツ橋の石を取り除いたのだろうか。誰が？　誰がそんなことをする？

得体の知れない恐怖が押し寄せるが、このまま退散するわけにはいかない。

俺は意を決して、梯子に足を掛けた。

縄から飛び出している藁《わら》が指に突き刺さり、力が入るとぐらりと揺れる。玉の上に乗っているかのように不安定だ。降りるにつれ、強烈な黴臭《かびくさ》さが鼻を突く。口呼吸だけを試みると、闇が口から入り込んでくるような気分になる。

堪《こら》えながら降りていくと、足の裏が硬い感触を捉《とら》えた。やっと底に着いたようだ。

地獄に来たような気分だが、安定した足場はそれだけで心強い。地面に足が着いているだけで、普通に呼吸することができる。

ライトを翳すと、三つの石が落ちていた。俺が落とした数と違わない。

だがそれは一條と仁志、そして海老原の石だった。俺が彫っておいた物だ。

やはり誰かがここに来た。そして三ツ橋の石と差し替えたのだ。誰が、何の為《ため》に？

暗い井戸の底で考え込む。と、端にもう一つ石が落ちていることに気がついた。三ツ橋の石は取り除かれていなかったのだ。

それを拾い上げ、俺は固まった。

鷹守清史郎殺《あや》め賜《たま》え鷹守清史郎殺め賜え鷹守清史郎殺

石の表面全てに、俺の名前が彫られていた。

手がわなわなと震えてきて、石を落としてしまう。

慌《あわ》ててそれを拾い、壁に叩き付ける。割れない。びくともしない。ガリガリと擦《こす》り付けてみるが、彫られた名前が消えるはずもない。彫刻刀を出そうとポケットを探る。無い。鞄《かばん》の中だ。石をポケットに押し込んで縄梯子を登る。

落ち着け。落ち着け。心の中で繰り返す。三ツ橋は誰かが石を取り除いたおかげで生きながらえているのだ。それに一條も仁志も石を落とした翌日までは死ななかったので、焦《あせ》ることはない。落ち着け、落ち着くんだ。

呼吸に意識を集中させながら、一段ずつ縄梯子を登っていく。あと数段のところで、上に人影が見えた。

「誰だ……？」

返事は無い。真っ黒な髪がゆらりと揺れている。

黒い女だ。

ゾッとしながらスマホのライトを上に向ける。

白い肌が、艶《つや》やかに光った。

ひとでだった。

穴ぼこのように黒い目が、じっと俺を捉えている。

その口角が上がっている。

笑っているのだ。

やっぱりこいつが黒い女だったのか。

「おい、やめろよ……。俺が封印を解いてやったんだからな……？」

訴えながら縄梯子を登る。

するとひとでは何かを出した。光を当てると、二本の太い刃が交差している。

大きな鋏《はさみ》だ。

「おい!!　や、やめろ!!」

叫んだ瞬間、ジョキッと音が響いた。

右手側の縄梯子が切断され、俺の体は左へ持っていかれる。石の壁に肘《ひじ》を打つ。

「頼む!!　やめてくれ!!」

バランスを失った梯子の揺れは収まらない。

「た、助けて!!」

必死で声を上げるが、奴は聞かなかった。

もう一方の縄が切断され、井戸の底に落とされる。立てない。両足が折れたかもしれないが、痛みを感じる余裕もない。

「頼む!!　やめてくれ!!　助けてくれ!!」

見上げると、ひとでの姿は消えていた。

異様に寒い。真冬の冷気が、上から轟々《ごうごう》と吹き付けてくる。

同時に、どこからかお経のような声が聞こえてきた。

薄く照らされた井戸の上に、ぼんやりと影が浮かぶ。

仄暗《ほのぐら》い影が徐々に黒みを帯びながら、人形《ひとがた》に変容していく。ぐにゃりとした腕のような影が、鋏を摑《つか》んでいる。

ひとでが正体を現したのだ。

顔は見えない。真っ黒な影の塊しか見えない。けれど奴だと直感する。ひとでがじっと俺を見つめながら、舌なめずりをしている。

来るな。やめろ。怖い。怖い怖い怖い怖い。

体が動かない。金縛りにあったように動かない。

ずん。

黒い影が飛び降りてきて、押し倒される。体が仰向《あおむ》けに押し潰される。

ひとでの影が躊躇《ちゅうちょ》なく、俺の喉《のど》に鋏を突き刺した。

そのままそれを横移動させ、首を裂く。

息ができない。血がどくどくと溢《あふ》れ出し、苦しさと激痛が襲ってくる。

首がぱっくり割れると、奴はその隙間《すきま》に顔を埋《うず》めてきた。

俺を喰おうとしている。
じゅるじゅると音を立てながら、俺の首を貪《むさぼ》っていく。
ぬるっとした生温かさを感じながら、意識が遠のいていく。
終わりだ。
俺は死ぬんだ。
何も見えない。暗闇しか見えない。
自分がどこかに消えていく。
闇の中に、溶けていく。

二月二日　日曜日

Sunday, February 2

蛍光イエローのスーツがとてつもなく眩《まぶ》しい。

ジャンプ台の頂上に立つ飛野が、物凄《ものすご》く遠い存在に感じる。

全国大会に出場して、クラス全員の応援を受けて空へ飛ぶなんて。どれほど気持ちのいいことだろうか。どんなに頑張っても、僕には味わうことができない感覚だろう。

ブザーが鳴り、沸き立っていたクラスメイトが静まり返る。

巻き上がる風を受けて、飛野が飛んだ。大ジャンプだ。

これまで見たことがなかった高さに、全員が圧倒される。

翼を持ったかのように、飛野は美しい放物線を描いていく。

だがその時、耳障《みみざわ》りな音がした。スキー板が外れ、飛野が落ちていく。

板だけが空を飛び続ける。その周りを、黒い何かが覆《おお》っている。

それが一直線に向かってきて、一條の首を切った。

真っ赤な血が勢い良く噴き上がる。

全員がパニックになって逃げていく。

僕は動けない。体が動かない。視線すらも動かせない。

一條の肩に、女がおぶさっていた。

人間のようなフォルムをしているけど、どう見ても人じゃない。

全身が異様に黒く、細く、長い。

じっとりと濡《ぬ》れた黒髪が足先まで伸び、その隙間《すきま》から蜘蛛《くも》のような手脚を出して、一條の体に纏《まと》わり付いている。

顔は見えない。頭を無くした一條の首の中に埋《うず》めている。

体液を吸い、内臓を貪《むさぼ》っているのだろうか。じゅるじゅると気色の悪い音がする。

ふいに音が止《や》み、それがぬるっと顔を上げた。

全身と同様に真っ黒で、鼻も口も見えない。かろうじてわかるのは、目の位置に並んだ二つの窪《くぼ》みだけだ。よく見るとぐるぐる渦を巻いており、どこかを凝視している。

その先に目をやると、鷹守が立っていた。

隣には葵がいる。二人とも僕と同じように固まり、一條の血を浴びている。

葵がビクッと動き、我に返って逃げ出した。同時に鷹守も駆け出す。すると黒い女も動き出し、今度は一條の頭の方に喰い付いた。

顎《あご》の下の切断面に顔をくっつけ、吸い付いている。一條の目がどろりと動いた気がして、僕は目を逸《そ》らした。

真っ赤な血が水蒸気のように宙を舞い、青い空が紫色に染まっていく。

どれくらい経《た》ったかわからない。

気がつくと、女の体が透けていた。音も立てずに、血飛沫《ちしぶき》の中に溶けるように消えていった。


小さい頃から、人じゃないものが見えた。

いつから見えていたのかは憶《おぼ》えてない。ただ、それが普通じゃないことだと知ったのは、幼稚園に入った頃だった。

お母さんの友達の家で、知らないおじさんが首を吊《つ》っていた。

なんてことなくそれを伝えると、みんなはぎょっとした顔で僕を見た。

ふざけるんじゃないとお母さんに叱《しか》られ、次の日精神科に連れて行かれた。

そういう人を何度も見たことがあると話すと、お母さんは気持ち悪いものを見るような目で僕を見た。その話を聞いたお父さんは、憐《あわ》れむように頭を撫《な》でてきた。

その時の二人の顔を、僕は未《いま》だに忘れることができない。

死んだ人が見えることは、いけないことなんだと知った。

それからは、それを見ても言わないようにした。最初のうちは見る度に恐れていたけど、いつからか怖くなくなった。

特段害を及ぼしているとも思えなかったし、生きている人間と区別がつかないことさえある。たまに異様な姿を目にしても、もはや驚くことはない。

けれど。

さっきのあれは、彼らとはまるで違った。

ぬめっとした質感と、霊体には持ち得ない重みを感じた。光さえも吸い込むような黒さが、おぞましい空気を纏っていた。

あんなに禍々《まがまが》しいものを見たのは初めてだ。

レストハウスでシャワーを浴びても、恐怖は全く流れていかない。

あれは何だったのだろうか。そもそも、僕は何をもって女だと思ったのだろうか。

目のような黒い渦がぐるぐると頭の中を回り続け、冷静に考えることもできない。

帰りのバスに乗り込んでからやっと、事の重大さに気がついた。

クラスメイトの一人が死んだのだ。それも、スキー板で首を切られて。

みんなはとっくにその事実を受け入れているようで、スマホでニュースを調べている。

行きのバスで一番騒いでいたのが一條だったこともあり、車内の空気の変化は際立《きわだ》っていた。

もしも死んだのが自分だったら。こんな変化は見られなかっただろう。

一時間ほどでバスが仙台駅に近づくと、周りが降りる準備を始めた。

僕の家は学校に近いので降りるつもりはない。けれどスマホを見ると、葵からＬＩＮＥが届いていた。

『仙台駅で降りない？』

こんな風に誘ってくれるのは、いつぶりだろうか。不謹慎だけど、少し嬉《うれ》しい。

駅前の通りにバスが停まると、クラスメイトの大半が降りていった。

最後にバスを降りて駅に背を向ける。混雑したアーケードに入ると、ドトールの前に葵が立っていた。両手を寒そうに擦《こす》り合わせている。

「入ってても良かったのに」

そう言うと、葵はけろっとした顔で僕を見た。

「プリ撮らない？」

「え、プリクラ？」

「うん。今日のこと全部忘れようよ」

葵はそう言って歩き出した。

ゲームセンターは賑《にぎ》やかで乱雑な音に包まれていた。ドトールで静かな時間を過ごすよりも、ここの方が気が紛れるのは確かだ。地下に降りるとそこはプリクラだけのフロアで、美白や美肌を売りにした機種が並んでいる。

葵が選んだ機種に入ると、急に緊張してきた。密室のような空間に葵と二人きり。体の距離は近い。その上、僕らはジャンプ場で借りたスウェットとベンチコートを着ていた。お揃《そろ》いなんて、まるで恋人たちのようだ。

僕は頑張って笑顔を作ったが、葵は自然な笑みを見せている。

撮ったものがモニターに映ると、彼女はけらけらと笑った。

僕は完全に別人だ。弛《たる》んだ頬はシュッとして、目は二重になり、大きく輝いている。赤くなっていたはずの顔も、美白に修正されていた。

「じゃ、帰ろっか」

シールを分けると、葵はそれを僕の手に押し込んだ。

「プリクラ撮りたかっただけ？」

「うん。て言うか、笑いたかっただけ」

葵はそう言いながら出ていった。

笑わせることができて素直に嬉しい。一条には申し訳ないけど、それが僕の本心だ。

去年の秋、葵のお母さんは脳卒中で病院に運ばれた。

幸い命に別条はなかったが、お母さんは仕事を辞めて今も療養している。お父さんはいないので、葵は家計を支える為《ため》にバイトを始めた。放課後の図書室に来ることも少なくなったし、こうやってゆっくりと顔を合わせたのも久しぶりだ。

笑顔を見たのはいつ以来か、思い出せない。

自分自身が最後に笑ったのも、思い出すことができない。

僕が笑うのは、葵と一緒にいる時だけだからだ。


少食なのに常に太っていて、のろまで鈍臭い。ドジをしてお母さんにも呆《あき》れられてばかりいた。

物心ついた時から、笑われてばかりだった。

それに加えて、この水色という名前。

爽《さわ》やかさを匂《にお》わせるこの二文字は、男子たちにとって恰好《かっこう》の標的だった。

フルネームは佐藤水色なので、小学校に入学してすぐに「砂糖水」と呼ばれた。それが「水ぶくれ」や「水風船」になり、「鼻水色」に変わって、「鼻水」に落ち着いた。

そんなイジリが明らかな虐《いじ》めへと変わったのは、小三の時だ。

体育館の用具室で血塗《ちまみ》れの女の子を見た僕は、泣き叫んでしまった。

パニックになりながら先生に伝えると、「ふざけるんじゃない」と怒られた。

「頭おかしい」「気持ち悪い」「目立ちたいだけだろ」みんなからそんな風に罵《ののし》られ、机にいたずら書きをされたり、仲間外れにされるようになった。

お父さんとお母さんには言えなかった。僕は幽霊を見ることよりも、二人に気味悪がられることの方が怖かったからだ。

虐められていることも言えなかった。自分たちが付けた名前を馬鹿《ばか》にされていると知ったらショックを受けると思ったし、そんなことを知られたら、愛してくれなくなると思っていた。

突然、給食が喉《のど》を通らなくなった。先生は残すのを許してくれず、掃除中も放課後も、僕は隅っこの机で給食に向かい続けた。

「なんで食えないのに太ってんだよ」と馬鹿にされながら、嗚咽《おえつ》しながら食べていた。家では元気なふりをしていたので、学校を休むことはできなかった。中休みはクラスメイトから逃げるように図書室に行って、好きでもない本に向き合った。

生きているのが辛《つら》かった。死んだら楽になれるかなと思った。

そんなある日、図書室で隣のクラスの子に話しかけられた。

「水色とあおいって、同じブルーだね」

それが葵だった。

「ブルーって、悲しい色なんだよね？」

聞くと、葵は窓の外を見ながら言った。

「うん。でも私の色鉛筆は、いつも水色が一番に短くなってくよ」

「どうして？」

「水色って空の色だし、海の色だし、いちばんきれいでしょ」

葵はそう言って笑った。

天使のように見えた。

それからはいつも図書室で一緒に過ごすようになった。放課後も会う約束をすると、不思議と給食が食べられるようになった。

五年生になると葵が北耀学園の中等部を目指すと言うので、僕も勉強に打ち込んだ。冴《さ》えなかった通知表がみるみる変わっていき、お母さんが驚いた。お父さんが褒めてくれた。

葵と共に中学受験を乗り越えて、また図書室で一緒に過ごすことができた。

他にも同じ小学校の奴《やつ》らがいたせいで、中学になっても虐めはなくならなかったけど、それでも僕は生きてこれた。

今こうやって高校に通えているのは、葵のおかげだ。

地下鉄の暗い窓に映る葵の顔を見ながら、心の中で感謝する。

お母さんの体調はまだ芳《かんば》しくないのだろう。葵はつり革に摑《つか》まりながら、スマホでバイト情報を眺めていた。

「そういえば雪永聖爾《ゆきながせいじ》の、罪っていう小説読んだ？」

一條のことを思い出さないように、小説の話をふってみる。

「あぁ、まだ。どんな話？」

聞き返されて、早くも後悔する。

「小説家の男が、奥さんと子どもを殺しちゃう話……」

葵に勧められて好きになった作家だが、こんな時に話す内容じゃなかった。

「面白かった？」

「うん、まぁ」

僕は時間が経った水風船のようにくったりと萎《しぼ》んだ。

葵と一緒にいる時間は何より貴重なものなのに。自分の馬鹿さ加減が嫌になる。

ほとんど会話のないまま、家の最寄駅に着いてしまった。

葵の家は学校からさらに坂を上った先にある。歩いて帰るなら家まで送ろうと思っていたが、彼女は迷わずバス停に向かった。

「明日は久しぶりに図書室に行こうかな」

「うん、僕も行く」

僕は笑顔で葵を見送り、駅を出た。

最後の一言が、嫌なことを忘れさせてくれた。

けれど一人になった途端に、風が冷たく感じる。マンションまでの僅《わず》か数分で、身も心も冷え切ってしまう。

お父さんとお母さんは帰宅していない。事件のことはＬＩＮＥで伝えていたが、二人とも驚いただけで、心配されることはなかった。

ダイニングテーブルに分厚いステーキが乗っている。二人は昔から共働きなので、僕は家事代行の久米《くめ》さんの料理を食べて育った。プロなので味は一流だし、僕の好みを誰よりも熟知している。でも今日は食べる気になれない。

滅多に見ないテレビをつけると、ジャンプ台を訪れたレポーターが一條の死を報じていた。その顔が何故《なぜ》か嬉しそうに見える。

真っ黒な女の影がテレビ画面に蘇《よみがえ》る。

宙に浮いた一條の生首。その顔がこっちを向く。黒目がぐるぐると渦巻いている。

僕は冷えたエビアンを一気飲みして、部屋のベッドに倒れ込んだ。

今日ほど、一人が怖いと思った夜はない。

高一にもなって恥ずかしいが、人が恋しい。

葵じゃなくてもいい。お母さんでもお父さんでも誰でもいい。いつものように無関心でいいし、テストや模試の点数を聞いてくるだけでいい。

それだけでいいから、家にいてほしかった。

二月三日　月曜日

Monday, February 3

臨時の全校集会を行うので、朝一で体育館に集まるように言われた。

騒がしい廊下を歩いていると、前の方から悲鳴が聞こえた。

うちのクラスの女子たちだ。スマホを見ている美園を、花田や海老原が囲んでいる。

聞き耳を立てると、美園が言った。

「だから、仁志が死んだんだって」

辺りがしんと静まり返った。

きぃんと耳鳴りがする。軽い目《め》眩《まい》に襲われて、僕はふらついた。

先生方が職員室へ駆けていく。生徒は体育館で待機するように言われ、足を止めずに進んでいく。流されるように体育館に入ると、異様な熱気が溢《あふ》れていた。

情報を自慢げにひけらかす声や、大きなリアクションが聞こえてくる。人の不幸でこんなに盛り上がれるなんて、酷《ひど》すぎる。

僕は久しぶりに、自分以外の人間へ憤《いきどお》りを感じていた。

葵はじっと文庫本を読んでいる。話しかけたいけど、その背中は遠い。

時間が経《た》つにつれて、恐ろしい詳細が聞こえてきた。

仁志は登校中の地下鉄で事故に巻き込まれたそうだ。

車両の扉に体を挟まれ、ホームドアに頭を挟まれたまま地下鉄が発車したという。

首が捥《も》げ、走る地下鉄には胴体だけが残されていたらしい。

脳裏におぞましい光景が映る。

あの黒い女が、首を無くした仁志の体に顔を埋《うず》めている。じゅるじゅると内臓を貪《むさぼ》っている。渦を巻いた両目。その窪《くぼ》みから、ぼたぼたと仁志の体液が滴《したた》り落ちる。

吐き気がして体育館を出た。水道でうがいをするが、胸のざわつきは拭《ぬぐ》えない。廊下の窓を開けて冷たい空気を浴びると、やっと深呼吸をすることができた。

自分の呼吸音と共に、足音が聞こえる。

窓の外に鷹守が見えた。

必死な顔で校舎の裏を駆けていく。思えば、体育館で鷹守の姿を見かけなかった。何かあったのだろうか。鷹守が遅刻をしたところは見たことがない。

嫌な予感がする。僕は窓を開けたまま走り出し、駆り立てられるように校舎を出た。

昨日、あの女は確かに鷹守を見ていた。

どこへ向かっているのだろう。民家は少なくなり、生活の気配が薄れていく。お堀のような小さな川を渡ると、途端に道幅が狭くなった。木々が茂り、人も車も見えない。歩道の脇《わき》に多賀山の登山道があり、鷹守は慣れた様子で入っていった。

この多賀山は自殺者が多いことで有名だ。仙台駅から遠くないのに鬱蒼《うっそう》とした森に覆《おお》われていて、外界と遮断されているからだろう。

心霊スポットとして有名だし、僕も自殺者の霊を目撃したことがある。

冬なので立ち入りは禁止されているが、鷹守に迷いは見えなかった。僕も躊躇《ちゅうちょ》なくロープをくぐり、僅《わず》かに雪が残る山道を登る。自分にはきつすぎる運動で、体力はみるみる削られていく。鷹守の背中は見えなくなったが、足跡がついているので大丈夫だ。

道は途中で枝分かれし、木々の中へ獣道が続いていた。朽ちかけた鳥居があり、その奥に廃《すた》れた小屋が見える。祠《ほこら》のようだ。

鷹守は神社の息子だし、あそこに入っていったに違いない。

僕は獣道に足を踏み入れ、ゆっくりと鳥居をくぐった。音を立てないように近づき、祠の横へ回り込む。板張りの壁の隙間《すきま》から中を覗《のぞ》くと、鷹守が屈《かが》み込んでいた。

床板を外して下に降り、何かを掴《つか》んでぼそりと呟《つぶや》く。

「葵、これでひとまず安心だぞ」

葵？　虚を突かれ、思わず壁に手をついてしまった。

鷹守が振り返る。僕は口を押さえて息を殺す。鷹守は大きな石を持ちながら辺りを見回すと、僕に気づくことなく背を向け、その石を床下へ投げた。

「どうか、宜《よろ》しくお願い致します」

手を合わせて丁寧に祈り、外した床板を戻し始める。

それから数分、奴が走り去ったのを確認して、僕は戸を開けた。

中は殺風景で、傷《いた》んだ壁に古い縄梯子《なわばしご》だけが垂れ下がっている。

異様に空気が重い。不吉なものしか感じないが、霊の類《たぐい》はどこにも見えない。

床板を外していくと、下に古い井戸があった。円形の蓋《ふた》が半分だけ開いており、残り半分の上には石が山積みになっている。

スマホのライトを翳《かざ》してみる。水は干上がっているようだ。

僕は壁から縄梯子を取って床下へ降りた。井戸の縁に杭《くい》が出ていたので、そこに梯子を引っ掛けて下へ垂らす。試しに腕で体重をかけてみる。古いわりには頑丈そうだ。

足を掛け、一歩ずつ降りていく。

こんなこと、普段の僕なら絶対にできないだろう。だが葵の名前を聞いてしまったので体が先に動いていた。僕は謎《なぞ》の使命感を背負い、心を奮い立たせていた。

一歩、また一歩と降りていく。右足が固いものに当たる。底に着いた。

地面に両足を付け、ライトを翳す。

大きな石が三つ落ちている。それらに光を当てて、僕は息を呑《の》んだ。

一條毅殺《あや》め賜《たま》え一條毅殺め賜え一條毅殺め

仁志渉殺め賜え仁志渉殺め

三ツ橋恭介殺め賜え三ツ橋恭介殺

びっしりと余すことなく、三人の名前が彫られていた。

深く刻まれたその字に、鷹守の怨念《おんねん》が感じられる。

呪《のろ》いの儀式なのだろうか。この石のせいで一条と仁志が死んだに違いない。

ここに、あの黒い女がいるのだろうか。

恐ろしい。鷹守も恐ろしい。

それに葵が関係しているのかと思うと、さらに不安が込み上げてくる。

そういえば先月、葵と鷹守が屋上で話しているのを見かけたことがあった。二人はこっそり仲良くしているのかもしれない。

たった今落とされたであろう、三ッ橋の石を見つめる。

〈どうか、宜しくお願い致します〉

奴は祈るように言っていた。

この石を何とかしないと。このまま放置すれば、三ッ橋が死ぬことになる。

僕はそれを摑んで縄梯子を登った。一心不乱に井戸から這《は》い出ると、コツンと音が響いた。蓋の上に乗っていた石が落ちてしまったようだ。

梯子も床板も戻す余裕はなかった。祠を飛び出すと大きな岩を見つけ、力任せに石を叩《たた》きつけた。

割れない。何度やってもダメなので、諦《あきら》めて来た道を戻った。山を駆け下り、ロープをぐって多賀山を出る。お堀のような川に、おもいっきり石を投げ捨てた。

手を合わせてみるが、何と祈っていいのかわからない。あの女に懇願する気にはならないが、ひとまず三ツ橋が無事であることを願った。


学校に戻ると二時間目の途中だった。

廊下から教室を覗くと鷹守の横顔が見えたので、すぐにその場を離れた。

まずは休みたかった。水を飲み、トイレの個室に座り込む。

スマホを開くと、Twitterが盛り上がっていた。『怪死』や『北耀学園』という言葉がトレンド入りしている。二人の死を悼《いた》むツイートもあるが、面白がった反応ばかりが目に入る。本当に酷い世の中だ。

ニュースサイトを開き、まともな記事だけに目を通す。事件の概要を確認していると、チャイムが鳴った。

騒がしい廊下を抜けて教室に入る。クラスは静かだった。

みんなから視線を浴びてしまうが、誰からも声をかけられることはない。こんな時ばかりは、相手にされない存在で良かったと思える。

葵はいつも通り、机で本を読んでいる。

鷹守は数人の男女に囲まれ、事件について小声で話し合っていた。

　二人の死を悲しみ、怯《おび》えているようなその顔は、完全に周りに同化している。本当に不安そうに見えるのが恐ろしい。

　三ツ橋は海老原と話していた。顔色が悪いのは、単に親友二人を失ったからだろうか。それとも自分の身が危ないことを知っているのだろうか。表情だけではわからない。

「辛《つら》いことがあれば、何でも私に話してね。想《おも》いを自分の胸に溜《た》め込まないで」

　カウンセラーの先生はそう語りかけてきたが、僕の想いを話せるわけがない。

「とりあえず落ち着こう。落ち着いてから、前を向こう」

　若宮はそんなことを繰り返していたが、前に何があるというのだ。

　僕の前には不安と恐怖しかない。三ツ橋は大丈夫だろうか。何をしている時でも気になってしまう。一條の時のような惨劇はもう絶対に見たくなかった。

　放課後、廊下を歩いていると、美術準備室に入っていく葵が見えた。死んだ二人のことで、若宮に何かを相談するのだろうか。

〈葵、これでひとまず安心だぞ〉

　鷹守の呟きを思い出す。

　あいつの企《たくら》みに葵がどう関わっているのか。不安でたまらない。

　僕は図書室に行って、お気に入りの小説を手に取った。普段通り文字を追うが、何一つ頭に入らない。時計の針が音を響かせて進んでいく。

いつまで経っても葵は来てくれない。痺《しび》れを切らしてスマホを手に取ると、ちょうど葵からLINEがきた。

『ごめん。今日は帰るね。さすがにそんな気分じゃないや』

やはり二人の死に関わっているのだろうか。

昨日の葵の笑顔が蘇《よみがえ》り、腰のあたりがぞわりとする。

『そうだよね』

僕はそれだけ返してスマホを切った。

帰ろう。そう思って本を閉じた時、図書室のドアが開いた。

体に緊張が走る。入ってきたのは鷹守だった。

「お疲れ」

爽《さわ》やかな声をかけられて、僕は狼狽《うろた》えた。

葵以外の人に話しかけられたのは久しぶりだし、相手は鷹守だ。葵のことを探るべきだろうか。考えるだけで、手に汗が滲《にじ》んでくる。

鷹守は本を探すように棚を回っているが、動きが不自然だ。広辞苑を手に取って席に着く。スマホで何でも調べられるのに広辞苑だなんて。葵に会いに来たに違いない。

僕は再び本を開き、どうするべきか考えた。しばらく悩んだが、ここに鷹守が来たのも何かの導きかもしれない。そう思って本を閉じた。

「た、鷹守くん、事件のこと、何か知らない？」

「知らないけど。なんで」

鷹守は広辞苑に目を向けたまま答えた。

「葵の様子が何かおかしくて、鷹守くんなら、何か、知ってるんじゃないかなって」

「え、なんで俺が」

「いや、まぁ、みんなと仲良いし」

「当然だろ。あんな事件があったんだから、不安がらない奴の方がおかしくね？」

鷹守の口調はいたって普通だ。

「そ、そうだよね」

僕はまた本を開いて、行間の空白を見つめた。下手に探るのはもうやめようと思ったが、自然と口が開いてしまう。

「で、でも葵、去年からずっと元気がなかったんだよね。なんでか知らないよね？」

「へぇ。知らないけど。べつに興味ないし」

鷹守は広辞苑から目を離し、鋭い視線を向けてきた。

「何、おまえ、葵莉子のこと好きなの？」

僕は咄嗟《とっさ》に目を逸《そ》らす。その通りだ。話すと動揺が伝わってしまうので、無言で首を横に振る。

「帰るね」

それだけ言って席を立った。

いつのまにか日が暮れていて、廊下は暗い。

急いで帰ろうとすると、変な音が聞こえた。何かを食べている音だ。

廊下の奥に小さな影が見えた。

どう見ても人じゃない。長細い手で何かを掴み、貪っている。

あの黒い女の顔が浮かぶ。だが違う。影は随分と小さいし、じゅるじゅると吸っているというより、顎《あご》を使って咀嚼《そしやく》している。目玉のような丸いものが二つ見えるが、渦は巻いていない。微《かす》かな光を反射させ、赤く光っている。

怖いが、何故《なぜ》か惹《ひ》き付けられる。

逃げるな。心の奥の自分が言った。

まず、あれが僕にしか見えないものなのか、他人にも見えるものなのかを確かめたい。

僕は図書室に引き返した。

「ちょっと来て」

鷹守も帰ろうとしていて、ちょうど出てきたところだった。

「何」

「あれ、見える？」

鷹守は目を向けると、ぴたりと動きを止めた。顔を硬直させながら後ずさる。見えているようだ。そして、怯えている。

それがわかって、怖さは少し薄らいだ。僕はゆっくりと歩を進める。

小さな影が動いた。こっちを警戒したまま壁に跳び付き、するすると窓ガラスを登っていく。僕の方を凝視したまま、上の小窓から教室に入っていく。生物室だ。

静かに駆け寄ると、鷹守が付いてきた。目を合わせて、ドアの窓から中を覗く。

女がいた。

暗い教室に、真っ黒な背中が見える。

不気味だが、あの女じゃない。

セーラー服を着た女の子が、窓際《まどぎわ》の水道で手を洗っていた。小さな影のことは忘れ、僕はその背中に釘付《くぎづ》けになる。

あの女とは明らかに違うが、同じような奇怪なオーラを感じる。

彼女は蛇口をひねって水を止め、振り向いた。僕らは咄嗟に身を隠し、ドアに背中を貼《は》り付けた。

気づかれただろうか。ツカツカと足音が迫ってくる。鷹守が怯えて走り出す。音を立てて逃げていく。僕も逃げないと。そう思うが、そこに何がいるのか見てみたい。好奇心と恐怖心がせめぎ合う。

僕は窓を覗くと同時に走った。こんなに本気で走ったのは生まれて初めてかもしれない。昇降口に駆け込み、鷹守と一緒に靴を履き替えた。

鷹守は何も話さない。

「じゃあな」とだけ言って、足早に去っていく。

僕も小走りになり、振り返らないで校舎を出た。

外の冷気で頭を冷やしながら、今見たものを反芻《はんすう》する。

逃げながら覗いた窓。

はっきりと顔を見ることはできなかったが、真っ白い肌が目に焼き付いていた。

あの女の黒とは正反対な、美しい白。

ただその白は、ゾッとするほど禍々《まがまが》しかった。

二月四日 火曜日

Tuesday, February 4

不安を引きずったまま登校すると、三ツ橋がいたのでほっとした。

鷹守は教科書を机にしまいながら、しきりに奴《やつ》のことを気にしている。どうして死んでいないのか、不思議に思っているのだろう。

目が合ってしまい、すぐに逸《そ》らす。

鷹守は立ち上がり、僕の机にガムを置いた。何も言わずに教室を出ていく。落ち着けというメッセージなのだろう。こういう状況でそんな行動を取れるのが、人望を集める理由なんだと思う。羨《うらや》ましくもあり、怖くもある。

その後すぐに葵が入ってきた。声を掛けてくれることはないけど、その顔は普段と何も変わらない。僕はすぐに席を立って、鷹守がくれたガムをゴミ箱に捨てた。

チャイムが鳴り、若宮が嬉《うれ》しそうに入ってきた。

「えぇと、こんなタイミングだけど、我らが一年四組に転校生が来ました」

嫌な予感がする。もしかして。心臓が脈打つと同時に、ドアがガラリと開いた。

予感は的中した。
真っ黒いセーラー服に、真っ白い肌。
昨日の女の子に違いない。
けれど何かが違う。大きく違う。
「縦島《たてじま》ひとで、十六歳です。あ、歳《とし》はいいか。みんな同じだもんね」
恥ずかしそうに挨拶《あいさつ》するこの子と、昨日の少女が結びつかない。
「ひとでなしのひとでちゃんって呼ばれてます」
自己紹介をしているけど、そんな言葉しか頭に入ってこない。
昨日は禍々《まがまが》しい負のオーラを帯びていた。
でも今は、明るいオーラしか感じない。
彼女は何者なのだろうか。わからない。
ただ、ゾッとしたのは昨日と同じだ。
鳥肌が立つほど可愛《かわい》い。
溜息《ためいき》が漏《も》れるほど美しい。
僕は呆然《ぼうぜん》としながら、その顔に見入っていた。
『生物室で見た奴だよな？』

鷹守はすぐにＬＩＮＥを送ってきた。

『だと思う』

僕は正直に返した。それで話は終わると思ったが、生物の授業中に返事が来た。

『放課後ちょっと話そう』

生物室でカエルが一匹いなくなったからだろう。

昨日、不気味な生き物は廊下で何かを食べていた。食べられていたのはカエルだったに違いない。鷹守もそれに気づいているのだ。

けれど縦島さんは、カエルの解剖をやると聞いて怯《おび》えていた。その無邪気な顔はやっぱり、昨日の少女とは重ならない。当然、不気味な生き物とも繋《つな》がらず、疑問は募るばかりだった。

パンを買いに食堂へ行くと、窓際《まどぎわ》にクラスの女子が集まっていた。

美園や花田たちが、縦島さんを囲んで何かをやっている。彼女はチョコレートアイスを舐《な》めながら、じっとテーブルを見つめていた。向かいに座る玉井がタロットカードを披露して、全員がそれに見入っている。

突然、悲鳴のような笑い声が上がった。

「ヤバッ。悪魔って！」

縦島さんに悪魔のカードが出たようだ。彼女はけらけら笑っている。

胸がざわっとした。僕は適当な菓子パンを買って昇降口へ向かった。

なんとなく、葵とも鷹守とも顔を合わせたくなかった。

外は猛烈に寒い。うっすらと霧雨も降っていたが、心を落ち着かせるにはちょうどいい。校庭脇《わき》のベンチをハンカチで拭《ふ》き、浅く腰を掛けてパンを食べた。

誰もいない校庭を見渡して息を吐く。白くないので、僕の息は冷たいようだ。

隅の花壇に、申し訳なさそうに花が咲いている。屈《かが》んで眺めていると、声がした。

「仙台の冬でも咲くんだね」

真っ黒なスカートが見える。顔を上げると、縦島さんが立っていた。

「え、あ、うん」

どうにか返事を絞り出す。彼女は僕のすぐ隣に屈んだ。

目を閉じ、手で扇《あお》いで花の香りを嗅《か》いでいる。

僕は息を呑《の》んだ。

すぐ目の前に美しい顔がある。

目も鼻も口も、みんなと同じような場所に付いているのに、どうしてこんなにも人と違うのだろう。不思議でたまらない。吸い込まれるように見つめてしまう。

その目がすっと開いたので、僕は慌《あわ》てて立ち上がった。見つめていたことがばれたかもしれない。空に虹《にじ》が見えたので、さりげなく視線を移す。

「綺麗だね」

彼女はそう言いながら立ち上がり、虹を見上げた。

「そうかな」

「え？」

「あんまり、虹が綺麗って思ったことがなくて」

急に本心を話してしまって、僕は自分に驚いていた。

「どうして？」

「なんか、小さい頃から、色んな色が混ざってるのが怖く見えるんだよね」

たまに見える霊の中には、色を持っているものが多い。それは生きている人間の色とは違って、いくつかの色が混じり合い、揺蕩《たゆた》っている。その雰囲気が虹に似ているのだ。

当然そんな話はできないが、縦島さんは「へぇ」と言ってくれる。

「なんか、カッコイイね」

そう言われて、ドキッとした。

「え？　ど、どこが」

「なんか、イイでしょ。人と違うって」

彼女はくすっと笑って僕を見た。

「佐藤くんの名前って、みずいろって読むの？」

僕はさらに慌てた。名前を知ってくれていたことに驚いて、喜ぶ余裕もない。

「え、あ、うん、まぁ、そうだけど」

「水色かぁ。それも素敵」

動揺して、何も答えることができない。心臓がバクバクと音を立て始める。

名前を褒められたのは、葵に続いて二人目だ。

「あ、じゃあ、縦島さんの名前も、人と違うよね」

頭の中まで真っ赤になりながら、僕はそんなことを口走っていた。

「人と違うって、素敵ってこと？」

くりっとした黒目が、僕を捕らえる。

「あ、うん……まぁ」

遠慮がちに答えると、彼女は自然な笑みを見せた。

「ありがと。でも縦島さんって、くすぐったいからひとででいいよ」

「あ、え、いや、でも、呼び捨ては」

「じゃあ、ひとでちゃんって呼んでよ」

「あ、え、はい、うん」

返事をするのに精一杯の僕に、顔を寄せてくる。甘い香りがふわりと鼻をくすぐる。

「なんでそんなぎこちないの？　呼んでみて。はい、練習」

「……ひとで、ちゃん」

「硬い硬い。もう一度」

「ひとでちゃん……」

「もう一度」

「ひとでちゃん」

「はい、オッケー。よろしくね、水色」

彼女は僕の肩をぽんと叩《たた》くと、空を見上げた。

僕は固まってしまった。

ひとでちゃん。水色。

古い幼馴染《おさななじ》みのような呼び方だ。冷たいけど甘いかき氷みたいな響きに聞こえる。

僕はそっと彼女を見つめ、白い息を吐いた。

この子が悪魔のわけがない。

そう思った。

さっきまでの疑念はどこにいったのだろうか。

自分の頭の悪さに呆《あき》れ果てるが、そう思ってしまったのだからしかたない。

七色の光を背に立つひとでちゃんは、ただ可愛《かわい》いだけじゃなくて、圧倒的に美しくて。

どこか神々《こうごう》しくて。

彼女は、悪魔どころか天使だと思ってしまった。

「どう思う？」

放課後の図書室で、鷹守が聞いてきた。

「どう思うって……？」

「わかるだろ。縦島ひとでだよ。生物室のカエル、絶対あいつの仕業だろ？」

決めつけるような物言いに、つい反論したくなってしまう。

「あの変な生き物が食べてたのは、カエルだと思うけど」

「けど？」

「ひとでちゃんも、それを見て生物室に入ったのかもしれないし……」

「何おまえ、もう仲良くなったのか？」

そう言われて、ハッとした。

校庭で話していたところを見られていたらしい。「イイ感じに見えた」とまで言ってくるので、ムキになって弁解してしまう。慌てて言い訳を並べたけど、逆効果でしかない。そもそも、ひとでちゃんと呼んでしまったのが痛恨のミスだ。

「ずいぶん饒舌《じょうぜつ》だな」と言われて、僕は何も言えなくなった。

「なんかあいつ、不気味なんだよなぁ」

鷹守は完全にひとでちゃんを疑っているようだ。

「完璧《かんぺき》すぎるって言うか、色々と巧《うま》すぎるって言うか」

気持ちは理解できるが、完璧すぎることは関係ない。そう言おうとした時、ミシッと音がした。振り返ると、本棚の奥に葵がいた。

「あ、ごめん、盗み聞きしようとしたわけじゃないんだけど」

どこまで聞かれていたのか。ひとでちゃんと呼んだことも、バレてしまっただろうか。嫌な汗が滲《にじ》み出て、急に暖房が暑く感じる。

「でも私も、なんか少し、不気味に見えるな」

葵は本棚を眺めながら言った。鷹守がすかさず同意する。

鷹守はともかく、葵までそう思うのは何故《なぜ》だろう。葵は鷹守が好きなんだろうか。わからないけど、やっぱり僕の知らないところで仲良くしているのかもしれない。

「水色はそう思わない？」

葵が聞いてきて、焦《あせ》ってしまう。やはりさっきの話を聞かれていたのだろうか。

「え、あ、うん、どうかな……」

どう答えるのが正解なのかわからない。ちらっと鷹守を見ると、苛《いら》ついた顔をしている。二人の関係が気になるが、聞く勇気はない。窓の外を見ると、帰っていく三ツ橋と海老原の姿が見えた。

「じゃ、帰るわ」

鷹守が図書室を出ていく。三ッ橋が死ぬのを見届けようとしているのだろう。

葵と話したいが、三ッ橋のことが心配だ。

どうするべきか迷っていると、葵は僕の向かいに座って文庫本を開いた。

ボードレールの『悪の華』。

昔、何気なく手に取ったことがある。有名な詩集のようだが、あまりに暗く不気味なことしか書いてないので、すぐに棚に戻したことを覚えている。

葵はそれをぱらぱらめくりながら言った。

「ねぇ。どうして答えてくれないの。縦島さんのこと、水色はどう思うの？」

いつもクールな葵が、こんな風に突っ込んで聞いてくるのは珍しかった。

「あぁ、うん、べつに、どうとも思わないけど……」

当たり障《さわ》りのない返事をしながら、小説を棚に戻す。

「今日は帰るね」

そう告げて鞄《かばん》を持つと、葵は素っ気なく返した。

「うん。じゃあね」

「またね」

図書室を出ると、今日も静かだった。誰もいない昇降口で靴を履き替える。

校門を出てから、ふと思った。

あんな質問をされた後に、逃げるように出て来てよかったのか。

ひとでちゃんが好きと言ってるようなものじゃないだろうか。

勘違いされたらたまらないが、今更戻るわけにもいかない。

余計なことを考えるなと自分に言い聞かせる。今は三ツ橋だ。駆け足で坂道を下っていくと、すぐに鷹守の背中が見えた。

その先に三ツ橋が見える。海老原と肩を寄せて歩いている。

小走りで距離を詰めつつ、近寄りすぎないよう注意する。鷹守も同じことを考えているのだろう。三ツ橋との間隔を保ちながら歩いている。

すると背後から足音が聞こえた。振り返ると、ひとでちゃんがいた。

黒いヘッドフォンを耳から外して首に掛け、僕の隣に並ぶ。

「水色の家、どの辺？」

ただでさえドキッとしたのに、名前を呼ばれて焦ってしまう。

「あ……うん、県道を曲がって、駅の方に十分くらいかな」

「そっか。じゃあウチと同じ方向だ」

ひとでちゃんは嬉しそうに歩き出した。

僕も背は低い方だが、彼女はもっと低い。少しだけ上目遣いで見られるので、嬉しいような、迷惑なような気がしてくる。

どうしよう。何を話せばいいだろうか。

目を泳がせていると、小さなお寺の門前に死んだお婆《ばあ》さんが立っていた。目立った外傷はないので最初はなんとも思わなかったが、雨の日も嵐の日も毎日毎日同じ場所に立っているのを見て、死んでいることに気がついたのだ。

「何見てるの？」

ひとでちゃんに聞かれて、動揺した。

お婆さんの話をしたら、食いつくだろうか。話に花が咲くかもしれないと思ったが、

霊が見えることを嘘《うそ》つきだと罵《ののし》られ、イジリが虐《いじ》めに変わったことを思い出す。すぐに考えを改めた。

「いや、べつに」

僕はお婆さんから目を背け、ひとでちゃんのヘッドフォンを見た。

「それ、何聴いてたの？」

我ながら、自然な問いを繰り出せたと思う。

ひとでちゃんはヘッドフォンを首から外して、差し出してきた。

「え？」

「どーぞ」

ニコッと笑いながら、僕の頭にヘッドフォンをつけてくる。温かい。ひとでちゃんの耳の温《ぬく》もりに触れて、ついぽぅっとしてしまう。

だが突然、殴られるような爆音が響いた。驚いた僕を見て、彼女が音量を下げる。

Perfumeを数倍激しくした感じだろうか。ズンズンという重低音に無機質な電子音が重なり、複数の女性が韓国語で歌っている。

「これ、どういうジャンル？」

「ＥＤＭだよ」

「ＥＤＭ？」

「エレクトロニックダンスミュージック。Ghostrich《ゴーストリッチ》って知らない？　大好きなんだ」

ひとでちゃんは黒いスマホをいじり、ミュージックビデオを見せてきた。

髪も肌も眉《まゆ》も睫毛《まつげ》も真っ白な美女たちが、鶏肉《とりにく》に喰らい付きながら歌っている。その肉が骨になっていくにつれて、モデルのように洗練された彼女たちの体に、羽毛が生え始める。全員が身をよじらせながら、白い鳥のようになっていく。

音の激しさもさることながら、ぶっ飛んだ映像だ。韓国語の中に日本語や英語、ドイツ語っぽい響きまで混ざっており、多国籍感が溢《あふ》れている。

「凄《すご》いの、好きなんだね」

ヘッドフォンを返すと、彼女はそれを首に戻した。

「落ち着くんだよね」

「こんな激しい音楽で？」

「うん。人工的な電子音を聴いてると、なんか落ち着くの」

僕には疲れるだけなので、全く理解ができない。

するとひとでちゃんは街路樹の緑に目を向けて、ぼそりと言った。

「自然って恐ろしいものだから」

声のトーンが変わった。自然災害か何かによって、辛《つら》い経験をしたのだろうか。これ以上触れない方がいいだろうと思う。

「でも、みんなと仲良くなりたいからこういう趣味は内緒だよ。私、キングアンドプリンセスが大好きってことにしてるから」

「いや、キングアンドプリンスね」

すかさずつっこむと、ひとでちゃんはきょとんとした。

「え？　プリンセスじゃないの？　じゃあ王様と王子様ってこと？」

「うん。え、もしかして、男女のグループだと思ってた？」

僕は思わず吹き出してしまった。ひとでちゃんは俯《うつむ》いている。その頬が赤くなっていて、ほっとした。やっぱり完璧じゃない方が魅力的だ。

その時、急ブレーキの音が聞こえた。

ドキッとして前を見ると、凄《すさ》まじい轟音《ごうおん》が響く。県道との十字路にバスが突っ込み、信号機に衝突した。

すぐ下に、三ツ橋が立っている。

信号機が崩れ落ちてくる。

僕の行動は無意味だった。三ツ橋が潰《つぶ》される。殺される。

だが三ツ橋は生きていた。

殺されたのは海老原だ。

彼女の頭だけが、抉《えぐ》り取られて潰された。

頭を無くした海老原の体が、アスファルトに横たわる。

僕の心臓は止まり、吸った息が戻らない。

一條の時と同じだ。

真っ黒な女が地面に這《は》いつくばって、海老原の体に吸い付いていた。

じゅるじゅると気色悪い音が聞こえる。ような気がする。

三ツ橋は尻餅《しりもち》を付き、鷹守は固まっている。僕も同じだ。恐ろしくて体が動かない。

海老原の頭を潰した信号機の色が、赤から緑色に変わる。

どくどくと流れ出る血が緑のライトで照らされ、虹のように不気味な色を作る。

黒い女は海老原の体から離れると、地面をずるずると這いながら信号機の下に顔を埋《うず》めた。潰された海老原の頭に喰らい付いているのだ。

そのおぞましい顔は見えないのに、刺さるような視線を感じる。

横を見ると、ひとでちゃんと目が合った。

彼女はいつのまにかヘッドフォンをして、僕を見つめていた。

それからすぐに視線を動かし、海老原の方を見る。

ひとでちゃんにも、あの気色悪い音が聞こえるのだろうか。

あの女が見えているのだろうか。

黒目がちな大きな瞳《ひとみ》に、鮮やかな緑色が反射していた。

それから僕らはパトカーに乗せられて、警察署に連れていかれた。

事故のことを事細かに聞かれたが、ほとんど頭に入ってこない。

気になったのは、男の刑事の不気味さだ。喋《しゃべ》るのは女性の刑事さんに任せていて、無言を貫き通している。

ひょろりと伸びた首に白い肌。感情が見えない能面のような顔が不安を煽《あお》ってくる。

僕の心が見透かされているような気がして、背中に汗が滲んだ。

肝心の鷹守は淡々と答えている。ひとでちゃんは、まるで学校生活を親に報告するかのような口調だ。僕は尚更《なおさら》言葉を挟めない。

海老原が死んだのは鷹守のせいなのに、どうして僕がびくびくしなくちゃいけないのか。理不尽さに苛立った。

聴取を終えると、能面の刑事は何も言わずに出ていった。

スマホにお母さんからの返信が届いている。事件後すぐにＬＩＮＥを送り、やっと返事が来たのだ。さすがに心配してくれているようだが、素っ気ない言葉が続いていた。

『ごめん、今日は私もお父さんも大事な会議があるから、タクシーで帰ってね』

息子よりも会議の方が大事なのだ。わかってはいたけど、ほんの少しだけ寂しい。

先に帰ろうか迷っていると、鷹守が立ち上がった。同じく迎えが来ないようだ。

「あんまり気を落とすなよ」

鷹守はそう言って出ていった。

おまえのせいで海老原が死んだのに、どの口がそんなことを言えるのか。問い詰めて罵《ば》倒《とう》してやりたかったが、僕にそんな度胸はない。

ひとでちゃんは親が迎えに来るのだろうか。だとしたら、どんな親なのか見てみたい。

声をかけようか迷っていると、

「ちょっと、外の空気吸ってくるね」

彼女はすっと立ち上がり、コートも着ないで出ていった。

外から差し込む西日が眩《まぶ》しい。

窓に背を向けると、視界の端で何かが動いた。ひとでちゃんのリュックが、がさごそと音を立てた気がする。

大きな黒いリュックをよく見ると、前面に丸い窓があった。アクリル板で中が見える造りになっている。覗《のぞ》き込むと、目玉のようなものがキラッと光った。

何かがいる。

僕はそれに触れた。いけないことだと思いつつ、ファスナーを開ける。

もこっとした黒い塊が見えた。

生き物のようだ。黒い毛が、呼吸するように動いている。

生物室の前でカエルを喰った生き物だ。そう確信したが、不思議と怖さは感じない。

丸まっているようだ。その毛に触れてみると、すごく温かい。リュックには熱がこもっている。つついてみると、それは顔を向けてきた。

しゃあぁっ
掠《かす》れた雄《お》叫《たけ》びが上がり、僕は跳び退《の》いた。

しゃあああぁぁっ
目を剝《む》いて威《い》嚇《かく》してくる。小さな顔の両脇にロバのような耳が付いていて、歯は鋭く尖《とが》っている。まるで悪魔だ。嚙《か》み付かれたらひとたまりもないだろう。身を引くと、それはリュックから跳ねてドアに駆け寄った。ノブを摑《つか》んで器用に開け、廊下に飛び出していく。

何が起きたかわからず、僕はしばし呆然とした。上手《うま》く頭が回らないが、まずいことになったことだけは確かだ。

部屋を出ると、廊下の先にひとでちゃんが屈んでいた。制服の中が膨らみ、もぞもぞと動いている。悪魔が潜り込んだのだ。

恐る恐る近づくと、彼女は大切そうにそれを撫《な》でていた。

「落ち着いて。大丈夫だから」

まるで赤ちゃんをあやす母親のように、優しく語りかけている。

「ごめんね。びっくりしたでしょ」

そう言いながら、ポケットから何かを出す。僕はぎょっとした。

黄色と黒の大きな蜘蛛《くも》だ。彼女は躊躇《ちゅうちょ》なく、長い脚を摘《つま》んでいる。

「はい。ご馳走《ちそう》」

悪魔が制服の胸元から顔を出し、蜘蛛に齧《かじ》り付く。くちゃくちゃと音を立てながら咀《そ》嚼《しゃく》する。

唖然《あぜん》としている僕に、ひとでちゃんが言った。

「一緒に帰ろっか」

警察署を出ても、しばらく会話ができなかった。

冷たい突風がひとでちゃんの髪を乱すと、彼女は手鏡を出して直し始めた。その背面はキティちゃんの顔になっている。全身真っ黒な出《い》で立《た》ちには似合わない。鏡面を覗くと、大きなひびが入っていた。かなり古いものを使っているようだ。

「キティちゃん、好きなの？　なんか意外だね」

何気ない感じを装《よそお》って聞いてみる。

「妹から貰《もら》ったの」

「へぇ。妹いるんだね」

「うん」

それで話が終わってしまった。僕は悪魔のことを、中々聞き出せないでいる。

「それより、もっと聞きたいことないの？」

信号待ちで立ち止まると、ひとでちゃんから話を振ってくれた。

「あれは、何なの……？」

「あれって。物じゃないんだから。何だと思う？」

「……悪魔？」

冗談のように聞こえたのだろうが、僕は本気だった。

彼女はくすくす笑いながら、「半分正解」と言った。

「マダガスカル島では、悪魔の使いって呼ばれてるの」

「悪魔の使い……？」

素《す》っ頓狂《とんきょう》な声を上げると、ひとでちゃんは歌い出した。

「アイアイ　アイアイ　アイアイ　アイアイ　お猿さぁんだよー」

青になった横断歩道を楽しげに渡っていく。

「え？　ちょっと待って。あれって、アイアイなの？」

「そうだよ。正確には、アイアイとキツネザルのミックス。普通のアイアイよりも目が大きくて可愛いでしょ？」

普通のアイアイを僕は知らないが、そこにつっこむ余裕は無い。

「ちょ、ちょっと待って。アイアイを飼ってるってこと？」

「うん」

「しかも学校に連れてってるの？」

「寂しがり屋の男の子なの。昼間は寝てばっかだから、バレることはほとんどないんだ。誰かにリュックを開けられたりしない限りは」

そう言いながら、くりっとした目で睨《にら》んでくる。

「ごめん……」

素直に謝ると、ひとでちゃんは言った。

「許さない」

その口調は柔らかく、笑っているようにも見える。

「凄いね。アイアイなんて、飼えるんだね」

「飼えないよ。ワシントン条約で輸入は禁止されてるから」

「え、じゃあどうして、どうやって」

「それは秘密」

そこまできっぱり言われると清々《すがすが》しい。

「名前は目々《めめ》ちゃんっていうの。目に、繰り返しって書いて目々。可愛いでしょ」

「eye《アイ》とeyeってことか……。いい名前だね」

僕はそう言いながら、自分が笑っていることに気がついた。隣を見ると、ひとでちゃんも微笑《ほほえ》んでくれている。

「可愛い」

笑顔が、ただただ可愛いと思ってしまう。

「え？」

彼女が足を止めて僕を見る。

その不思議そうな顔を見て、自分の過《あやま》ちに気がついた。胸の内で呟《つぶや》いたつもりだったが、口に出してしまっていたのだ。

「え、いや、違うよ、目々ちゃんがだよ？」

顔が熱い。真っ赤になっているかもしれない。僕は焦り、咄嗟《とっさ》に顔を伏せる。

「あぁ、そっか、びっくりした」

どんな顔をしているかわからないが、彼女は笑っているようだ。

「でも、マダガスカルって南の島だよね？　こんな寒い場所で平気なの？」

別の疑問をぶつけると、ひとでちゃんはリュックを肩から外し、差し出してきた。

「このリュック、ハイテクなんだ。暖房を搭載してるの」

なんだそれは。そんなもの、聞いたことがない。

受け取ると、あまりの重さに落としそうになる。

「重！」

「特注なんだよ。窓から目々ちゃんが外を覗けるようになってるの」

ひとでちゃんは僕の手からリュックを取ると、軽々と背負いながら言った。

「目々ちゃんのことは、二人だけの秘密だからね」

二人だけの、秘密。

僕はぼんやり空を見た。レモネードのように甘酸《あまず》っぱい響きだ。

「聞いてる？　絶対内緒だよ」

「じゃあ、ばらしたらどうする？」

柄にもなくふざけてみると、彼女はジロッと睨んできた。

「殺す」

とてつもなく可愛かった。


地下鉄に乗りながら色々なことを聞かれて、僕は自分の話をした。

ずっと同じマンションに住んでいること。お父さんとお母さんがファイナンシャルプランニングの会社を経営していること。そんな両親のおかげで昔から数学だけは得意なこと。運動神経が致命的に悪いこと。

ネガティブなことまで話してしまうのは彼女のせいだ。ひとでちゃんは軽やかに聞いてくるし、相槌《あいづち》が上手だった。人気者はこうやって人の心に入り込んでくるのかと、僕は密《ひそ》かに感心していた。

「あれ何？」

ひとでちゃんが車内を見上げた。地元誌の中吊《なかづ》り広告だ。

『クマ泥棒の告白』と、目を引くニュースが載っている。

「あぁ、去年の夏にすぐそこの月ノ丘動物園で、飼育員がクマを脱走させたんだ」

仙台で起きた珍事件なので、それはかなり記憶に残っていた。

「どうして脱走させたの？」

「さぁ。事件が起きた時はかなり騒がれてたけど、その後のことは報道されないし」

「ふぅん」

「でも凄い話だよね。飼育員がヒグマを逃したんだよ。ヤバイよね」

「そのヤバイっていうのは、どういう意味？」

「え？」

「私、ヤバイって言葉が上手く使えなくて。だって、良い意味の時もあるし悪い意味の時もあるでしょ？」

　ひとでちゃんは人差し指で髪をくるくるといじりながら言った。

「あぁ、確かに。色んな意味があるよね。今言ったのは、悪い意味かな」

「どうして？」

「いや、だって、ヒグマって猛獣だよ？　毎年のように人が襲われてるし」

「でも、ヒグマが可哀想《かわいそう》だとは思わない？」

　そう言われて、僕は普通に驚いた。

「え？　可哀想？」

「だって、動物園って牢獄《ろうごく》みたいでしょ」

「え、あぁ、うん、それは、そうだけど……」

　僕は言葉を返そうとしたが、その先を見失った。

月ノ丘動物園は、小さい頃に家族でよく行った場所だ。そこには楽しい思い出しかないし、人も動物たちも、みんながハッピーになれる場所だと思い込んでいた。

それが牢獄だなんて考えは思いつきもしなかった。けれど動物の身になってみれば、確かにそうなのかもしれない。

「まぁでも、私たちがいる学校も、牢獄みたいなものだよね」

僕は頷《うなず》きつつ、彼女の思慮深さに驚いた。

転校早々人気者になったひとでちゃんが、そんな風に思っているなんて。きっと彼女は、色々な立場の人間に寄り添って、ものを見ることができるんだろう。

僕もそうありたいと思った。

駅を出て、街路樹が連なる道を歩く。右手には大きな森林公園が広がっていて、周りにはマンションが多い。彼女はその一角に建ったばかりのタワーマンションに住んでいるそうだ。僕のマンションはその先にあり、さらに坂を上っていくと学校がある。

「水色は葵さんと仲がいいんだよね？」

歩きながら、ふいにそう聞かれた。

「あぁ、うん。幼馴染みっていうのかな、小学校から一緒で」

「そっか。じゃあ、一条くんと仁志くんが死んで、良かったと思ってる？」

「え？」

意味がわからない。さらっと恐ろしいことを言ってきたので、僕の思考は停止した。

「どうして……？」

聞き返すと、ひとでちゃんは驚いた顔を見せた。

「え、知らないの？」

「え？」

「そっか、水色はクラスのＬＩＮＥグループに入ってないからか。ごめん、やっぱり聞かなかったことにして」

無責任なことを言って、スタスタ歩いていく。

「いや、なんで……。葵に何があったの？　教えてよ」

追い駆けると、ひとでちゃんは黒いスマホを出した。

「ＬＩＮＥはやってる？」

「あ、うん」

何も言わずに、ひとでちゃんはＱＲコードを見せてくる。久しぶりの交換なので、僕はもたつきながらそれを読み取った。

「私もびっくりしたんだけど、クラスのＬＩＮＥでこんな写真が出回ってたんだって」

すぐにポヨッと音がした。写真を送ってきたようだ。

そこに写っていたものを見て、僕は言葉を失った。

葵が制服をはだけさせて、恥じらうような顔で体育座りをしている。胸元とスカートから、白い下着が覗いていた。

「葵さん、危ないパパ活をしてたみたいで。この写真をどこかで入手した一条くんが、クラスのＬＩＮＥグループに上げたんだって」

呆然としている僕に構うことなく、ひとでちゃんは歩き出す。

「それで、一条くんと仁志くんと三ッ橋くんが率先してからかってたみたいで」

僕は彼女についていくのがやっとだった。

最低だ。怒りとショックが同時に込み上げ、頭が整理できない。

「それ……誰から聞いたの？」

「何人かから聞いたけど、詳細を教えてくれたのはレイラかな」

美園レイラは頭がいいし、誰よりもクラスのことを把握している。彼女の情報なら確かなものだろう。

「二人が死んだのは、葵さんの呪《のろ》いじゃないかって言ってる子もいるんだよ。酷《ひど》いよね。あとね、他のみんなも写真をいじって馬鹿《ばか》にしてたんだって、なんか、怖いよね」

黙って聞いていると、ひとでちゃんも黙り込んだ。

しばらくしてから、心配そうな顔を向けてくる。

「ごめん。こんな話を聞いてショックだよね」

申し訳なさそうに言われたので、僕は首を横に振った。

「ショックだけど、教えてもらえてよかったよ。ありがとう」

ようやく、去年から葵の様子がおかしかった理由がわかった。

葵は病気のお母さんの為《ため》に、家計の為にやむなくパパ活をしていたのだろう。その写真を一条たちが手に入れ、クラスのＬＩＮＥにばらまいた。

鷹守はそれを知り、三人に恨みを抱いたのだ。

一条が死んだ日に、プリクラを撮りながら笑っていた葵の顔が蘇《よみがえ》る。

胸が締め付けられた。

僕だけが事情を知らなかったことにも腹が立つし、三ツ橋を助けてしまったことにも、言いようのない苛立ちを覚えた。もしもその事実を知っていたら、僕はどうしただろう。

三ツ橋を助けただろうか。見殺しにしただろうか。

それとも、鷹守のように率先して殺しにかかっただろうか。

わからない。どれを選んでも、正しいとは思えない。

現実では、三ツ橋を助けた代わりに海老原が死んだのだ。それを思うと胸が痛む。

ひとでちゃんとはしばらく会話をせずに歩いていた。沈黙が続くことも、今は平気だ。

そんなことはもうどうだっていい。

さっきまで彼女の言動にドキドキしていたのが情けない。こんな自分が心底嫌だ。

「じゃ、私のウチここだから」

ひとでちゃんが足を止めたのは、庶民は到底住むことができない高級マンションだった。重厚な黒いタワーが、真っ赤な空に突き刺さっているように見える。

「じゃあ、またね」

そう言うと、ひとでちゃんはじっと僕を見つめてきた。

「水色は、人には見えないものが見えるの？」

唐突に聞かれ、目が泳いでしまう。

「え、何それ……なんで？」

「やっぱ何か見えるんでしょ」

否定したつもりなのに、まるで取り合ってくれない。見えると決めつけている。

「そういうのってさぁ、撮影したものとかでも見えるのかなぁ」

「え、だから、何のこと……？」

しらばっくれて聞き返すと、彼女はニコッと微笑んだ。

「今度見つけたら、撮ってみてね」

手を振り、くるりとターンして去っていく。

ひとでちゃんにも見えるのだろうか。わからないが、僕のことは全《すべ》て見透かされている気がする。

足元から伸びた細長い影に、ほんの少しだけあの女が重なって見えた。

家に帰り、ブルーグレーのソファに寝転がる。

お母さんもお父さんもクールな性格だからか、部屋にある色は寒色ばかりだ。頭を冷やすのにはちょうどいいが、そこに家庭の温もりは無い。

二人が帰宅したのは、二十二時を過ぎていた。これでも早く仕事を切り上げたらしい。

「大丈夫か？」

お父さんはそう聞いておきながら、僕の返事を待たずにトイレへ行った。

「大変だったわね」

お母さんは久米さんの料理を取り分けながら言った。

感情を表に出さないお母さんも、さすがに一連の事件には驚きを隠せないようだ。会社の人に色々と教えられたそうで、心配してくれている。

けれど食欲は旺盛《おうせい》だ。鶏のササミと豆腐サラダをばくばく口に詰め込んでいく。

「クラスメイト三人が立て続けに事故で亡《な》くなる確率って、どれくらいだと思う？」

戻ってきたお父さんが言った。数字が大好きなお父さんは、昔からことあるごとに、僕に確率の計算をさせようとする。

「ちょっと、不謹慎よ」

お母さんは注意をしたけど、フォークを持つ手は止まっていない。

「天文学的な確率だよな。どう考えても普通じゃない。呪いか祟《たた》りなんじゃないかってネットで話題になってるけど、どうなんだ？」

お父さんがビールを呷《あお》りながら聞いてくる。

「何それ、ありえないでしょ」

お母さんが答えると、お父さんは笑った。

「そうか？　水色、おまえには何か見えなかったか？」

僕はハッとした。お母さんの目つきが変わる。

「ふざけないでよ。蒸し返すのはやめて。この子はあの時本気で苦しんでたのよ？」

お母さんが睨むと、お父さんは視線を落とした。

「すまん」

さらっと言って、サラダを摘み始める。

僕は何も言わなかった。何も言えなかった。

小さい頃に霊を見て騒いだことを、笑い話にしたお父さん。

その過去を封印したいと思っているお母さん。

どっちの考え方も、僕自身をさりげなく否定するものだ。

「寝るね」

それだけ言って部屋に入った。

「おやすみ」

腫《は》れ物に触れるかのような二人の声に、僕は返事をしなかった。

二月五日　水曜日

Wednesday, February 5

「で、大事な話って？」

若宮は美術室のドアを閉めて、電気を点《つ》けながら言った。壁際《かべぎわ》に並んだ石膏《せっこう》像が蛍光灯でのっぺりと照らされる。

僕はその顔を眺めながら、何から話そうか悩んでいた。

今朝はだいぶ早く家を出たので、どこにも生徒の気配はない。決意を漲《みなぎ》らせて若宮を呼び出したはいいが、いざこうして向き合うと、言葉が出なくなる。

「昨日のことだよな？　本当に大変だったな」

先に若宮が言った。

「違うんです、これ……」

僕は唾《つば》を飲み込んでから、スマホを渡した。

ひとでちゃんが送ってくれた写真だ。下着を見せている葵を見て、若宮は絶句した。

「……何なんだ、これは」

「葵です」

「それはわかってる」

若宮は椅子《いす》に座るよう促したが、僕は立ったまま打ち明けた。その間、若宮は何も言わずに、じっと遠くを見つめていた。

正直、若宮のことは好きじゃない。どこが嫌いかと言われると答えに困るが、なんとなく好きじゃない。けれど、熱心さだけは持っていると思っていた。

葵が誰にも知られたくないだろう秘密を、若宮に話してしまっていいのだろうか。昨日からずっと悩んでいたが、こうするほか手はなかった。

小学校の時、ひとりぼっちだった僕を救ってくれたのは葵なんだ。

何とかしないといけない。それも鷹守のような恐ろしい方法じゃなく、真っ当な方法で、葵のことを救いたい。

「みんな、この写真で馬鹿《ばか》にしたりしてたみたいなんです……。先生から注意してもらえますか？　それで、すぐに写真を削除させてほしいんです」

強い口調で訴えると、若宮は小声で言った。

「どこまでできるかわからないな。削除させたところで、コピーされてたら無意味だし。注意したら、余計に虐《いじ》めが加速することもあるしな」

だからと言って、何もしないわけにはいかない。

「でもまぁ、上手《うま》くやってみるよ。まずは葵に話を聞いてみる」

そうなるだろうとは危惧《きぐ》していた。けど大丈夫だろう。葵のお母さんが病気で困っていることは若宮も知っているし、葵を責める気はなさそうだ。

「あ、あの、僕が言ったってことは」

そこまで言うと、若宮は肩を強く叩《たた》いてきた。

「わかってるって。俺に任せとけ」

僕は力なく頭を下げ、美術室を出た。

臨時の全校集会がまた開かれて、校長先生が声を震わせながら海老原の死を伝えた。

すでに事件のことはニュースになっていたので、驚く声は上がらない。さすがに他のクラスの奴《やつ》らも黙り込み、体育館は異様な空気に包まれていた。

中でも僕のクラスは、これ以上ないほど鬱々《うつうつ》とした影に覆《おお》われている。

葵の顔だけはいつもと変わりない。はずなのに、僕にはまるで違って見えた。

あの写真で、どんなに胸が傷付けられただろうか。

それを思うと、やるせなくてしかたなかった。

学校は三時間で終わったが、これから一条のお葬式があるので気が重い。

『一緒に行かない？』

葵にＬＩＮＥを送ると、珍しくすぐに返事が来た。

『少し体調悪いから、行くのやめとく』

無理もないと思う。行かない理由を知ってしまったので、素直に体をいたわることもできない。もやもやを抱えたまま、僕は一人で地下鉄に乗った。

斎場の最寄駅で降りて、ドトールに入る。スタバやマックだと誰かと会う可能性が高いが、ここなら大丈夫だろう。

時間を潰《つぶ》して斎場に行くと、たくさんの生徒が集まっていた。

最初に目に入ったのは鷹守だ。学校を休んでいた三ツ橋の姿もあるし、ひとでちゃんもいる。クラスで来ていないのは、おそらく葵だけだろう。

葵を虐めていたことを知ってしまった今、一條を可哀想《かわいそう》とは思わない。けれど、別人のような死に顔と両親の窶《やつ》れた顔を見ると、やはり胸が痛んだ。

突然、飛野が泣き出した。自分のせいで一條が死んでしまったと思っているのだ。とても不憫《ふびん》に思う。

飛野の涙につられて、みんなが泣き始める。僕も泣くべきだろうか。泣いていないと冷たい人間だと思われるだろうなと、こんな時に自分の体裁を気にしてしまう。

ひとでちゃんは一條の遺影を見つめていた。その目に涙が滲《にじ》んでいる。

鷹守は泣いていなかった。視線を追うと、三ツ橋のことを気にかけているのがわかる。

今も尚《なお》、奴が死ぬことを願っているのだろう。

一條の火葬が始まると、座敷の大部屋に通された。

参列者が座り、静かに過ごしている。と、鷹守が一人で出ていった。僕はそっと後に続く。鷹守はクロークでコートを受け取り、斎場を後にした。

僕はトイレに入って、個室の中で深呼吸をする。

焦《あせ》ることはない。鷹守がどこへ行くのかはわかっている。

しばらくしてから立ち上がり、顔を洗ってトイレを出た。

日が落ちた多賀山は、昨日とは一変した世界に見える。

暗くて細い山道がより恐怖心を煽《あお》るのに、僕の足は止まらない。自分でも不思議なほど、足取りは力強かった。

これ以上犠牲者を出すわけにいかないという正義感なのか、どういう形であれ葵の力になりたいという使命感なのか、海老原を死なせてしまった罪悪感なのか。

自分でもわからないが、見過ごすわけにはいかなかった。

獣道に入り、息を殺す。鳥居の奥の暗がりに目をこらすと、祠《ほこら》の戸が開いていた。裏に回り込むのは危険かもしれない。少し離れた大きな木に隠れる。

そっと覗《のぞ》くが、何も見えない。鷹守は井戸の中に降りているのかもしれない。

「おい!!　や、やめろ!!」

突然、叫び声が聞こえた。

鷹守の声だ。誰かに向かって叫んでいるようだが、相手の姿も見えない。

「頼む!!　やめてくれ!!」

声は籠《こも》っている。やはり井戸に降りているのだ。

「た、助けて!!」

そう聞こえたのと同時に、ドサッという音が響いた。僅《わず》かな振動も伝わってくる。

「頼む!!　やめてくれ!!　助けてくれ!!」

恐れおののいた叫びを聞いても、僕は動けない。近づくことはできない。

ガタガタガタガタと、祠が揺れ始めた。

足元から太腿《ふともも》、腰、背中へと鳥肌が這《は》い上がってくる。

祠の暗闇《くらやみ》に、あれが見えた。

黒い女だ。

ぬるっとした動きで、床下に潜っていく。

断末魔の叫びが聞こえる。

恐怖と苦痛が入り混じった声に、耳を塞《ふさ》ぎたくなる。

もう嫌だ。この場にもいたくない。離れよう。逃げよう。走ろう。

そう思いながらも、僕は動かなかった。無意識のうちにスマホを握っていた。カメラを動画モードにして、撮影ボタンを押す。

〈今度見つけたら、撮ってみてね〉

ひとでちゃんの言葉を思い出していた。

けど、近づく勇気はない。震える手でスマホを構えながら、いつでも逃げられるように土を踏みしめる。とその時、声が聞こえた。

「水色」

か細い声だ。鷹守の声じゃない。

「水色！」

声が強くなる。

恐る恐る顔を上げると、ひとでちゃんの顔が見えた。

「え……？」

祠の戸から顔を出し、手招きする。

「早く！」

どうして彼女が、ここに？

頭が真っ白になる。

状況が理解できないが、逃げたいことには変わりない。怖い。あの化け物に近づきたくない。そう思うのに、僕は歩き出す。謎《なぞ》の力に引き寄せられていく。

祠の前に立つと、ひとでちゃんに手を引っ張られた。

「見て」

彼女は床下を覗き込んだ。言われるがまま、僕も覗き込む。

真っ黒な女が、鷹守の首に吸い付いている。

鷹守はもう悲鳴を上げていない。上げられる口が無いのだ。

底に落ちたスマホのライトが、奴の生首を照らしていた。

顔を背けると、耳元でひとでちゃんが言う。

「見えるんでしょ？」

僕は何も言えない。隠したいわけじゃなく、口に出すのが恐ろしいのだ。

「水色。教えて。何が見えるの？」

僕は黙ったまま、井戸の底に目を落とした。

べたっと濡《ぬ》れた長い髪。鷹守の体に纏《まと》わり付く細長い手脚と、身の毛もよだつような漆黒。この世の全《すべ》ての不吉を掻《か》き集めたようなその姿を、口に出すことができない。

ただただ震えていると、女が顔を上げた。

真っ黒な目が、ぐるぐると渦を巻いている。

「ひっ」

思わず身を引くとひとでちゃんに腕を摑《つか》まれ、祠の壁に押し付けられた。

「じっとしてて」

言われなくても動けない。

床下から真っ黒な手が覗いた。

来る。女が井戸から上がってくる。

ガタガタガタガタ。僕の奥歯が音を出す。足も震え、立っていることができない。僕はその場にへたり込む。

ひとでちゃんは床に跪《ひざまず》き、頭を下げながら何かを言い始めた。

「陰陽安涅真改亜是衆御大御霊居常神色自若羯諦羯諦波羅羯諦波羅僧羯諦菩提薩婆訶陰陽安涅真改亜是衆御大御霊居常神色自若羯諦羯諦波羅羯諦波羅僧羯諦菩提薩婆訶」

いつもの声とはまるで違う。低い声で、お経のようなものを唱えている。

ザザザザッ。耳障《みみざわ》りな音が聞こえ、キィィィィンと高周波が混ざる。

女が井戸から這い出てきて、ひとでちゃんに近づいていく。と、足元のリュックから目々ちゃんが飛び出した。彼女の前に立ち、女の方に顔を向ける。

「陰陽安涅真改亜是衆御大御霊居常神色自若羯諦羯諦波羅羯諦波羅僧羯諦菩提薩婆訶」

ひとでちゃんのお経と共に、目々ちゃんが雄叫《おたけ》びを上げる。

威嚇《いかく》をしているが、女は止まらない。細い腕がにゅるっとひとでちゃんへ伸び、その髪を撫《な》でるように揺らす。

ひとでちゃんは首に掛けていたロザリオを出した。金色の十字架を握りしめる。

「鎮《しず》まり賜《たま》え鎮まり賜え」

言葉を繰り返し、すぐにお経に戻る。

「陰陽安涅真改亜是衆御大御霊居常神色自若羯諦羯諦波羅羯諦波羅僧羯諦菩提薩婆訶」

ドンドンドン！　という音に、連続する破裂音。黒板を爪《つめ》で引っ掻くような高音。奇怪な音の中に、聞いたこともない言葉が混ざる。いや、言葉とも言えない、あらゆる言語をバラバラにしたような滅茶苦茶《めちゃくちゃ》な声が、どこからか聞こえてくる。

身の毛もよだつ気色悪さに、僕はがむしゃらに耳を押さえつけた。

ひとでちゃんは床に着くほど頭を下げながら、ぶつぶつと何かを言っている。すると黒い女は彼女の方を見つめ、ぴたりと動きを止めた。

体を離し、ゆっくりと祠の外へ出ていった。

音が止《や》み、僕は耳から手を離す。

辺りは静まり返っていた。

外には何も見えない。ただ暗闇が広がっている。

女が去ったのだ。助かったのだ。

僕は魂を抜かれたかのように、天を仰いだ。

ギィッと音がして横を見る。

ひとでちゃんが立ち上がって、小さく息を吐いた。

目々ちゃんがリュックの中に飛び込み、大きな尻尾《しっぽ》がするりと中に収まっていく。ひとでちゃんは僕の足元から何かを拾い、差し出してきた。

「これ、全く撮れてないでしょ」

僕のスマホだった。撮影していたことを忘れ、いつのまにか落としていたのだ。

手を伸ばして受け取るが、体の震えは止まらない。立ち上がる気力もない。

「でも、撮影しようとしてくれたんだね。えらいえらい」

そう言われて、空気が変わった気がした。彼女の声が普段の感じに戻っていて、少しだけ安堵《あんど》する。スマホをタップし、撮影を止めることができた。

「大丈夫？」

ひとでちゃんはそう言いながら、僕の腰に手を回してくる。慌《あわ》てて立ち上がると、彼女の手がお尻《しり》に触れた。体がビクッとなり、僕はまた倒れそうになる。

「だ、大丈夫だから」

やっと声が出た。よろよろ立ち上がる僕に、ひとでちゃんはさらりと言う。

「そ。じゃあ行こ」

リュックを背負ってスマホを出すと、警察に通報しながら出ていった。

僕はすぐに追うことができず、その場に立ち尽くす。

足元を見ると、鷹守の鞄《かばん》が転がっていた。井戸の底には奴の死体があるのだ。その生首を想像すると、また足が震えてくる。

僕はゆっくり祠を出ると、黒い背中を追い駆けた。


それから数十分、いつまでたっても胸は落ち着かない。

エレベーターの階数表示が、見たことのない速さで進んでいく。

光っているのは三十階のボタンで、最上階だ。目の前には艶《つや》やかな黒髪がある。狭い密室にひとでちゃんと二人きりで、僕は息苦しさを感じていた。

「ウチでゆっくり話そ」

山道で彼女に追いついた時、開口一番そう言われた。どういうことなのか。何が起きたのか。ひとでちゃんは何者なのか。知りたいことが山ほどあるので従うしかなかった。

多賀山から出ると、彼女はすぐにタクシーを拾った。慣れた口調で運転手に住所を告げた後は何も話さず、ただスマホをいじり続けていた。

僕も何も聞かなかった。おぞましいことが起きすぎて、脳の一部が麻痺しているのかもしれない。

エレベーターを降りると、廊下が三方向に続いていた。

ひとでちゃんは真ん中の廊下を進む。絨毯《じゅうたん》がふわっと柔らかく、足が浮いているような気分になる。彼女の後に続きながら、自分の気持ちを整理する。

これから起こることへの恐怖心、それが九割。残りの一割はちょっと認めたくない。どこかで、ワクワクしている自分がいるからだ。

黒い大理石の玄関で靴を脱ぎ、真っ白なフローリングに上がる。

「誰もいないから気にしないで」

そう言われて、尚のこと気にしてしまう。

部屋に入ると、まず緑が目に入った。背の高い観葉植物が窓の前に陣取り、天井まで伸びている。それが全く邪魔に感じられないほどリビングは広い。

大きな窓には仙台の夜景が広がり、眼下には森林公園が一望できる。

「帰ってきたよ」

ひとでちゃんはコートを脱ぐと、リュックから目々ちゃんを出してソファに寝かせた。すやすやと寝息が聞こえ、心地良さそうに眠っているのがわかる。

「脱ぎなよ、手洗って」

僕は言われた通りコートを脱いで、ソファの端に掛けた。

シルバー一色のアイランドキッチンに立ち、並んで手を洗う。

ひとでちゃんはガラスのボールで、キャットフードとハムスターの餌《えさ》を混ぜ始めた。

カットしたバナナを入れ、コンビニのササミスティックを添える。最後にリュックのポケットから芋虫を出すと、トッピングをするように上に乗せた。

「ご飯だよ」

匂《にお》いを嗅《か》ぎつけたのか、目々ちゃんはひょこっと目を覚ましてボールに飛び付いた。鉤爪《かぎづめ》を器用に使って、くちゃくちゃと口に運んでいく。

ひとでちゃんは冷凍庫からパスタを出すと、皿に移してレンジへ入れた。流れるような動きで、二種類のファンタをテーブルに置く。モノトーンで統一された室内に、鮮やかなオレンジとグレープ色が浮いている。

パスタが湯気を立てると、フォークを添えて置いてくれた。

「どうぞ」

優しく言われても食べる気にはなれない。じっと座っていると、彼女は自分のパスタにソースをかけながら言った。

「大丈夫だよ？　毒とか入れてないから」

「いや、そんなこと思ってないし」

僕はフォークを手に取り、たらこパスタを口にした。

ひとでちゃんは向かいに座り、自分のパスタを掻き回している。どろりとしたソースが黄色いパスタに絡《から》んでいく。手元のチューブをよく見ると、チョコソースだった。信じられない。パスタにチョコをかけている。

「じゃ、まず何から知りたい？」

驚く僕を尻目に、彼女はパスタを頬張った。唇がチョコで染まっていく。

「ひとでちゃんは、何者なの……？」

たくさんの疑問を集約させた結果、こんな質問になった。

ブブブとスマホが震え、僕はビクッとする。誰かとやりとりをしているのだろう。さっきからずっと着信は止まらない。ひとでちゃんは返信を打つと、ナプキンで口を拭《ふ》きながら答えた。

「祓魔師《ふつまし》。エクソシストって言った方が分かりやすいかな」

「エクソシスト……」

さらりと凄《すご》い答えが返ってきて、僕はただ繰り返すことしかできない。

「説明が必要？」

「いや、それはわかるけど……」

あの黒い女と対峙《たいじ》するのを目の当《ま》たりにしたので、理解はできる。できるけど、心が追いつかない。こんな女子高生がエクソシストだなんて信じ難い。

「……たまたま、転校してきたってこと？」

「まさか。命《めい》を受けて転校してきただけ。私はね、悪魔《あくま》祓《ばら》いの旅をしてるの」

本当だろうか。何かのドッキリにはめられているような気がしてくる。

「なにその目。疑ってる？」

完全に図星で、僕は口をつぐんでしまう。

「私、こう見えても世界で十指に入るエクソシストって言われてるんだけど」

「十指……」

ひとでちゃんは不満げな顔でパスタを食べながら、ぼそぼそと何かを呟《つぶや》いた。それからファンタグレープをゴクゴク飲むと、僕の目を覗き込んだ。

「これで信じる？」

「いや、べつに疑ってなんて」

いない。そう言おうとしたが、言葉が出てこない。声が出ない。口が動かない。いや口だけじゃない。手が動かない。握ったフォークが固まっている。何が起きている？毒か？　本当に毒を盛られた？　怖い。逃げたい。立てない。足が動かない。体が固まっている。

ぎゃあぎゃあと声が聞こえる。目々ちゃんだ。興奮しながら観葉植物を登っていく。

「しーずーかーに！」

ひとでちゃんが声を上げると、目々ちゃんはぴたりと動きを止めた。

「どう？　動かないでしょ」

固まった僕の眼前で、彼女はペロッとフォークを舐《な》めた。

何をした？　僕はどうされる？

間違っている。こんなことをしても、不信感が増すだけだ。それを伝えたいのに、伝えることもできない。

ひとでちゃんが立ち上がり、僕のそばに寄ってくる。顔を耳元に近づけて、囁《ささや》いた。

「世の中にはね、君たちが知らないことがたくさんあるんだよ」

言いながら、細い手を僕の下半身へ伸ばしてくる。

ドクン。心臓が波打つ。

彼女は微笑《ほほえ》みながら、僕のズボンのベルトに触れる。

胸が痛い。苦しい。金縛りのせいか？　ベルトを外されているからか？　何を言っている、金縛りのせいに決まっている。

ひとでちゃんは僕のズボンのフックを外し、するするとファスナーを下ろしていく。

目の前にある彼女の唇が艶やかに光っている。ふわっとチョコが香り立つ。甘い。怖い。

僕はおののきながら、興奮している。

シャツがはだけ、僕のパンツが覗く。瞬間、ズボンを勢いよくずり下ろされた。

ピンと張ったゴムが切れたように、僕は仰《の》け反《ぞ》った。手からフォークが滑り落ち、たらこの粒が散らばる。汗がどっと全身から吹き出す。僕は咽《む》せ込みながら自分の胸を掴む。手が動く。足も、口も、体も動いている。

「面白かったでしょ」

ひとでちゃんはクスッと笑って、ファンタオレンジを差し出してきた。

「何を……」

「呪符《じゅふ》を貼《は》ったの」

そう言いながら、僕のズボンを拾って見せる。

お尻に黒い紙が貼られていた。

白い二重の円。その中にぐるりと連なるギリシャ文字。中心には大きな五芒星《ごぼうせい》が描かれている。

「なんで……」

「さっき、貼ったことに気づかなかった？」

僕はハッとした。祠でお尻に触れられたことを思い出す。あれは、僕を支え起こそうとしてくれたわけじゃなかったのか。

「これ、シールになってるの。便利でしょ」

ひとでちゃんはそれをズボンからぺりっと剥《は》がすと、何事もなかったかのようにパスタを食べ始めた。

僕は震える手でファンタを一口飲み、深呼吸をする。

「催眠術的なこと、じゃないの……？」

「違うよ。その証明も必要？　てか水色、悪魔の存在はもう理解できてるでしょ？　あいつが見えるんでしょ？」

僕は黙ったまま、頷《うなず》いた。

「じゃあなんで信じられないのよ」

「ひとでちゃんにも、見えるってこと……？」

「見えないよ。でも目々ちゃんが存在を嗅ぎ取って教えてくれるの」

目々ちゃんがキキッと鳴いた。完全に人の言葉を理解しているようだ。

「その代わり、私には声が聞こえる。彼らが何を言っているのかわかる」

「声……」

「ねぇ、水色にはどんな感じで見えるの？」

ひとでちゃんはチョコソースを手に取り、おもいっきりパスタの上に絞った。チョコまみれになったパスタを美味《おい》しそうに頬張りながら、紙とペンを出す。

「あれはどんな姿をしてるの？　描いてみてよ」

ワクワクしたような顔を見せてくるので、僕は素直に従った。

細い体と長い髪、蜘蛛《くも》のような手脚、顔の無い頭。全てを黒く塗りつぶし、目の辺りにぐるぐると二つの渦を描く。描いているだけで、背中に嫌な汗が滲んでくる。

「へぇ、なるほど。じゃあ食べ終わったら、答え合わせをしに行こっか」

「答え合わせ？」

聞き返しても返事はない。「早く食べなよ」と急《せ》かされて、僕はパスタを口に運んだ。

ひとでちゃんは先に完食すると、チョコアイスを食べ始めた。どれだけ甘党なのか。見ているだけで、こっちのパスタまでもが甘くなる。

「目々ちゃん、すぐ出るからね」

彼女はアイスを食べ終えると、棒を咥《くわ》えながら隣の部屋に入っていった。

目々ちゃんはぴょんとリュックに飛び込む。本当に利口で従順で、見ていると胸が少しほっこりする。昨日は悪魔だと思ったが、すでに愛らしく思ってしまう自分がいた。

「ねぇ、どこに行くの？」

聞いても返事はない。

「あの、まだ聞きたいことが山ほどあるんだけど」

繰り返しても返事はない。

僕はパスタを食べ終え、皿を重ねてシンクに置いた。水で濯《すす》いでいると、ひとでちゃんは私服になって戻ってきた。

シンプルな黒いブラウスに、黒いロングスカートが揺れている。黒一色なのは変わりないが、物凄く大人っぽく見える。色を排したコーディネートの中で、両耳のピアスが異彩を放っている。よく見ると、それは昆虫だった。

「それ、本物？」

標本のようなタマムシがそのまま両耳にぶらさがっていて、水たまりに浮いた油のように、くすんだ虹色《にじいろ》が光っている。

「質問ばっかり焦らないでよ。ていうか、早くズボン履きなよ」

そう言われて、僕はパンツのままだったことに気がついた。

「あ」

慌ててズボンを履く。顔が熱い。ベルトを締めてファンタを一飲みすると、ひとでちゃんは楽しげにくるっと回った。

ひらひらのスカートが、くらげのようにふわりと浮いた。


タクシーに乗り、仙台の中心部へ向かう。

車が停まると、ひとでちゃんは黒いクレジットカードを出した。上限金額が無いブラックカードというやつだ。

「ねぇ、本当に十六歳？」

また質問をしてしまうと、彼女は頬を膨らませながら言った。

「そう見えない？」

その無邪気な顔は、やっぱり十六歳にしか見えない。けれど僕はその問いに答えることができなかった。

タクシーを降りると、目の前に大きな鳥居が立っていた。

鷹守神社。鷹守の家だ。

境内には警察官の姿が見える。鷹守の家族はもう知らされたのだろう。両親のことを思うと、純粋に気の毒でたまらない。

「そうそう、鷹守が悪魔に殺されたってことは内緒だからね」

参道の端を歩きながら、ひとでちゃんが言う。

「彼は自殺ってことになってるから」

「え、でも警察は」

「警察がそうするの」

彼女はそう言い切った。空恐ろしさを感じ、僕はそれ以上聞くことができない。

境内は広く、人はまばらだ。本殿と社務所の間を進むと、奥に立派な家が建っていた。

鷹守の家だろう。神社には似つかわしくない現代風な建物だ。敷地をしきる塀は無く、小洒落《こじゃれ》たコンクリートブロックに表札とインターホンが付いている。

ひとでちゃんはその横を素通りして、いきなり玄関のドアを開けた。

「お邪魔します」

返事も待たずに靴を脱ぎ、ずかずか階段を上がっていく。勝手に入っていいのだろうか。僕は小さく一礼して後に続く。二階の部屋に彼女が入ると、男の声がした。

「遅かったな」

「お疲れ様」

親しげな声に、ひとでちゃんは事務的な返事をした。

「危なかったのか？」

男の声は暗い。ひとでちゃんは何も答えず、廊下に顔を出した。

「水色、おいでよ」

部屋に入ると、刑事がいた。

「あぁ、君もいたのか」

警察署で会った不気味な刑事だ。能面のような顔をしたまま、鷹守の机で古めかしい書物を開いている。動揺している僕を見て、ひとでちゃんが言った。

「大丈夫だよ、この人は私の共犯者だから」

彼女はコートを脱ぐと、遠慮する様子もなく鷹守のベッドに腰掛ける。

刑事は何も言わずに書物をめくり、ひとでちゃんに手渡した。

「おぉ。水色、凄いね。ほぼ正解だよ」

彼女は嬉《うれ》しそうにそれを見せてくる。

そこには、僕が見てきたものが描かれていた。

着物を着た首の無い死体に、黒い女が喰らい付いている。別の絵には、真っ黒な顔の中に二つの渦が見えた。

「見てよこれ、さっき水色が描いたんだよ」

ひとでちゃんが僕の絵を見せると、刑事は訝《いぶか》しむような目を向けてきた。

僕は何も言えないまま書物に目を戻す。一部が破れたり剝《は》げたりしている絵や文字に、年月の重みを感じる。

なのに、ひとでちゃんは漫画でも読むかのようにぺらぺらとめくっていく。

見《み》窄《すぼ》らしい農民たちが、大きな石に名を書き連ねている絵があった。鷹守はこれを真《ま》似《ね》たのだろう。絵の端に解説のようなものが書かれていて、ひとでちゃんは指でなぞりながら読んでいる。

「渦女《うずめ》」

ふいに手を止めて、そう口にした。

「当時の人はそう呼んでいたようだね」

指先を見ると、『渦女様』という字が見える。

渦を巻いた目。見たままの名前だが、僕の目に間違いは無かったようだ。何をもって女と思ったのかは今でもわからないが、昔の人も同じように感じたのだろう。

「かなり、昔からいるってこと？」

　聞くと、ひとでちゃんは書物をめくりながら話し出した。

「これは享保《きょうほう》十二年、江戸中期の文献。元々は産土《うぶすな》だったみたい」

「産土？」

「土地の守り神のことだよ。農民たちから生贄《いけにえ》を貰《もら》う代わりに五穀豊穣《ごこくほうじょう》を司《つかさど》り、長い間良好な関係を保ってた。けれど律儀《りちぎ》に願いを聞いてあげるもんだから、いつからか人間たちが図に乗って殺人を頼むようになった。渦女は彼らの薄汚い欲望を吸収して、人を喰うことに取り憑《つ》かれていった。これを見て」

　大火事になった町に、夥《おびただ》しい数の生首が転がっている。

「最終的には制御が利かなくなって虐殺《ぎゃくさつ》が起こった。で、京から呼ばれた陰陽師《おんみょうじ》が命懸けで封印することに成功した」

　最後のページには、その陰陽師が祈禱《きとう》する絵が載っていた。

「ここの神社は鳥の鷹という字になっているけど、由来は禍《わざわい》が多いと書いて多禍守。祠を守ることが責務だったのに三百年続いた平和で失念してしまったようね。で、この文献を鷹守清史郎が読んで封印を解いた。自分勝手な都合で。葵莉子の復讐《ふくしゅう》をする為《ため》に」

　ひとでちゃんは書物を閉じて、呆《あき》れたように息を吐いた。

　奴がそんなに古くからいるものだとは。恐ろしい事実ばかりでゾッとする。信じられないのは、あの忌《い》まわしい存在が神様だということだ。

「神様っていうのは本当？　悪魔じゃないってこと？」

「私が崇《あが》める神とは全く別物。だけど日本ではあらゆるものを神とする信仰が根付いているでしょ。一方から見たら神でも、他方から見れば悪魔。両者は対極でありつつ相似してる」

　理解はできるが、ついていくのがやっとだ。スケールが大きすぎる。

「ちなみにこの手の存在は物《もの》の怪《け》って呼ばれるケースが多いけどね。妖怪《ようかい》とか鬼、天狗《てんぐ》や河童《かっぱ》って呼ばれてたりもするし、海外だとゴブリン、トロル、レプラコーン。ドワーフ、エルフにヴァンパイア。精霊や堕天使、悪魔なんかにはそれぞれ名前も付いてるし、他にも色々。呼び名をあげるときりがない」

「霊的な存在も、同じなの？」

「それは別。霊ってのは、あくまで人間とか動物のものだよ。悪魔よりもっとたくさんこの世界に蔓延《はびこ》ってる。水色はそれも見えるんでしょ？」

　無言の僕に、ひとでちゃんは続ける。

「一緒に下校した時、お寺で何かを見てたよね。霊を見てたんでしょ？」

　全てお見通しのようだ。

「うん……小さい頃から、たまに見たりしてた。けど、悪魔っていうものを見たのは、今回が初めてだと思う」

「そりゃそうよ、奴らがうじゃうじゃいたら、人間はとっくに滅んでるでしょ」

さらっと、恐ろしいことを言われた。

「その、悪魔には、何か目的があるの？」

「千差万別。とにかく人間を喰べたい奴とか、暇を持て余して遊んでる奴とか。人畜無害なのだっているし。そこは人間と一緒かも」

「この、渦女って奴の場合は？」

「こいつには鷹守の怨念《おんねん》が籠ってる。だから彼が石に刻んだ人間を喰った。一条と仁志ね。でも三ツ橋の番になって、何かが狂った」

僕は何も言えなくなった。手が僅かに震えてくる。

ひとでちゃんを見ると、じっと僕の目を見つめていた。

「あの、実は……僕のせいなんだ……」

僕は正直に告白した。

「一昨日《おととい》、鷹守のことが怪しいと思って、後をつけてあの祠を見つけて、縄梯子《なわばしご》で降りてみたら、三ツ橋の名前が彫られた石があって……」

言葉を詰まらせると、ひとでちゃんはけらけらと笑った。

「わかってたよ」

「え？」

「私を誰だと思ってるの？　そんなこと想像ついてたし」

僕は何も言えなかった。

「でも一つだけわからないことがある。どうして海老原咲良の石を落としたの？」

「え？」

「井戸の蓋《ふた》の上に、鷹守が名前を刻んだ石がいくつか置いてあったでしょ？　水色がそこから海老原の石を取って落としたんじゃないの？」

「し、知らないよ、そんな、暗かったし、蓋の上の石なんてよく見てなかったし……」

そこまで言って、僕は言葉を止めた。

コツンという乾いた音が、耳に蘇《よみがえ》る。

「そういえばあの時……井戸を飛び出した時、石を一つ落としたかも……」

心臓がバクバク鳴り出して、目の前が真っ暗になる。

「あぁ、そう、それが海老原の石だったんだね。これでやっと腑《ふ》に落ちた。あなたはわざと落としたわけじゃなかったんだ」

ひとでちゃんは安堵したかのような口調で言う。

最悪だ。僕のせいで海老原は死んだのだ。愕然《がくぜん》として、ベッドの上にへたり込む。

「あのさぁ、海老原が死んだのは水色のせいじゃないよ。鷹守と渦女のせいだから」

ひとでちゃんは言った。慰めてくれているのだ。

僕は黙ったまま歯を食いしばる。こぼれてきそうな涙を、必死に堪《こら》えていた。

「まぁ、余計なことをしてくれたなぁと思ったけどね」

その言葉がグサッと刺さり、おかげで涙は引っ込んだ。

「じゃ。後で写真をお願い」

ひとでちゃんが刑事に書物を渡し、僕は二人きりじゃなかったことを思い出す。完全に彼の存在を忘れていた。

「それから、学校のタンクにアレをよろしく」

何を言っているのかよくわからないが、刑事はこくりと頷いた。

不躾《ぶしつけ》な命令口調にもかかわらず、素直に彼女に従うようだ。彼は足元に置いていたジュラルミンケースに書物をしまうと、名刺を差し出しながら言った。

「何か困ったことがあったら、いつでも連絡してね」

やけに穏やかな口調で、それが逆に気持ち悪い。

『警察庁警備局公安課』という字が見える。びくびくしながら名刺を受け取ると、その名前に目が留まった。

『縦島　撫《ぶな》』

ひとでちゃんと同じ苗字《みょうじ》だ。

「これって……」

横を見ると、ひとでちゃんは鷹守の本棚を物色しながら言った。

「あぁ、この人私のお父さんだよ」

「え？」

刑事は能面の顔を崩し、ニッコリと微笑んできた。

「娘がお世話になっております」


何なんだろうか。意味がわからない。

駅前のケンタッキーに入って、ひとでちゃんはチキンに食らいついている。さっきパスタとアイスを食べたばかりなのに。それも、ビスケットに付いてきたメープルシロップをかけて食べている。ギトギトな油と、ベトベトなシロップで唇を光らせている。

「あの刑事のお父さんも、エクソシストなの？」

周りに客がいなくなったのを確認して、僕は聞いた。

「んー、家族で仕事をしてるけど、祓うのは私だけ。橅さんは各国の警察機関と繋《つな》がってて、面倒な準備とか後処理を全部やってくれるの」

凄いことを言っているのに口調は軽い。そして、僕はどこか興奮している。

「お母さんも、いるの……？」

「鶫《つぐみ》さんのことは秘密。あの人ヤバイから。ま、そのうち会うことになると思うよ」

撫に鶫、そしてひとでで。不気味な名前ばかりだ。それに彼女がヤバイと言うなんて、どれほどの母親なんだろうか。両親にさん付けしていることも気になる。

「どう？　ヤバイって言葉、上手く使えてた？」

「……ばっちりだと思う」

頷くと、彼女は無邪気に笑った。

「妹さんは？」

「え？」

ひとでちゃんが驚いた顔を見せる。

「キティちゃんの鏡、妹から貰ったって言ってたでしょ」

「あぁ。そんなこと言ったっけ。今は家族四人だけだよ」

「四人？」

ひとでちゃんは小指でリュックをつつく。目々ちゃんを連れ歩いてることを忘れていた。彼を入れて四人ということは、妹さんは一緒にいないということになる。考えてみればとてつもなく危険な仕事なので、当然といえば当然だ。

「依頼を受けて、四人で悪魔祓いに行くの。奄美《あまみ》大島《おおしま》に行ってくれとか、ニューデリーに行ってくれとか、仙台の私立高校に行ってくれとか。明らかな労働法違反。十三歳の時からずっと、めちゃくちゃ働かされてるんだよ」

考えられない世界だ。法律違反とかそういう問題じゃないだろう。

「依頼っていうのは、誰から来るの？」

「色々だけど。国家からが多いかな」

「国家……」

「直接国から依頼が来るわけじゃないけどね」

「どこかの組織に、入ってるってこと？」

「組織に属してるわけじゃない。けど一応、ボス的な存在はいるよ。日本神道《しんとう》の総裁とバチカンの枢機卿《すうききょう》。お祖父《じい》ちゃんみたいな感じかな」

言葉が出てこない。唖然《あぜん》とする僕に、ひとでちゃんは軽口で続ける。

「あ、これ、全部トップシークレットだから。内緒だよ。漏らしたら殺すから」

僕は身を震わせる。同時にひとでちゃんのスマホが震えた。

鷹守の家を出た後も着信が鳴り止むことはなく、彼女は逐一メールを返している。

僕はコーラを飲んで一息ついた。炭酸が抜けているせいか、リフレッシュはできない。

「そういえば、声って、悪魔の声ってどんな風に聞こえるの？」

「あぁ、声ね」

ひとでちゃんはナプキンで念入りに手を拭くと、リュックのポケットから何かを取り出した。ヘッドフォンが繋がったレトロな機械だ。メタリックなボディにＳＯＮＹというロゴが見える。

「これウォークマンっていうの。カッコイイでしょ」

「あぁ、テレビで見たことある」

　歩きながら音楽を聴くことを初めて可能にした製品だ。ＳＯＮＹの名を世界に知らしめたというドキュメンタリーを見たことがあった。

「カセットテープって知ってる？　こないだもこれで音楽を聴いてたんだ」

　聞いたことはあるけど、実物を見たことはない。

　ひとでちゃんは機械を開けて、カセットテープを見せてくれた。Ａ面とＢ面があるらしい。裏と表があるひとでちゃんにぴったりだ。

「で。これをラジオにして周波数をいじれば、悪魔の声を引っ掛けることができるの」

　ひとでちゃんがツマミをいじると、ザッザザァーーッという音がヘッドフォンから聞こえてきた。

「さっき祠《ほこら》で水色も聞いたでしょ？　あの声は、ココから聞こえてたんだよ」

　見ると、スピーカーが一体になっている。スイッチで切り替えれば、本体からも音を出せるようだ。

　やはりあれが渦女の声だったのか。あのおぞましい出来事が蘇る。

「でも、僕にはわけのわからない不快な音にしか聞こえなかったけど……」

「お互い様でしょ？　私にだって悪魔の姿は見えないよ。なんとなく気配を感じることしかできないし」

ひとでちゃんはスマホを手に取り、親指を動かしながら言った。

「じゃあ次は私からの質問」

「あ、うん」

「水色は虐《いじ》められてるの？」

唐突だった。

「いや、虐められてるっていうか……まぁ、うん、仲間に入れて貰えてないのは事実だけど……直接的に酷《ひど》いことをされてはいないよ、今は」

「今は？」

僕はこれまでの苦い思い出を話した。水色という名前で馬鹿《ばか》にされ出したこと。霊を見て騒いだのがきっかけで虐められ始めたこと。それが中学まで続いたこと。でも葵のおかげで不登校にはならず、今もこうして高校に通えていることを素直に伝えた。

「なるほどね。だから葵莉子に惚《ほ》れてるんだ」

「え？　いや、そ、そんなことないよ」

焦《あせ》った僕の顔を見て、ひとでちゃんは笑う。けどその目は笑っていない。

「でも、彼女がやってたことを知って、ショックだったでしょ」

「それは、うん、もちろん……」

「じゃあ、鷹守がその復讐に一条たちを殺したことをどう思ってる？」

「どうって……凄く怖いことだし、理解はできないよ。でも、どうして鷹守は、殺したいと思うほど、一条たちを憎んでいたのかなって」

答え難い問いに質問で返すと、ひとでちゃんはぽんと手を叩《たた》いた。

「そうだ、言ってなかった」

「何？」

「一条たちはあの写真で葵莉子を恐喝して、援助交際まがいのことをやらせてたの」

「え……。まがいって……？」

「まず葵莉子が男とホテルに入って、男がシャワーを浴びている隙《すき》に逃げ出す。男が慌てて駆け出たら、一条たちが待ち構えてる。葵とホテルに入る時の盗撮写真を見せつけて、その男から大金を脅し取る」

そんなことまでしてたなんて。僕は全く知らなかった。

「鷹守はそれを全部知っていて、奴《やつ》らを殺そうと思い立った。彼は葵莉子のことを愛してたの。それなら理解できる？」

痛いところを突く質問だ。理解はできる。僕でも、殺したいと思うだろう。けど。

「もし水色が鷹守と同じ立場だったら、自分もやった？」

僕は狼狽《うろた》えた。

「いや、まさか……そんなことできないよ、でも……」

やっぱり、殺すことなんてできない。ただ、鷹守のことを責めきれない自分がいた。僕は葵の現状を知って、若宮に相談することしかできなかったのだ。

「でも？」

「鷹守を責める権利は……僕には無いよ……」

しどろもどろに答えると、ひとでちゃんはフッと微笑んだ。

どうして笑えるのだろうか。僕は少し苛《いら》ついて、文句を言おうか考えた。昔からそうだ。誰かに反論する時や怒る時は、その前に一考する癖がある。そうして結局、口に出さずに引っ込めることばかりで、今もそうなっている。

「そういえば、葵は、関係ないんだよね？」

大事なことを思い出して、僕は聞いた。

「一條たちを殺そうとしたのは、鷹守が勝手にやったことなんだよね？」

「だと思う。葵莉子は何も知らないはず」

ひとでちゃんは頷きながら、ポテトにメープルシロップを付けて食べ始めた。

「良かった……」

ポテトを一つ摘《つま》み、メープルシロップを付けて食べてみる。甘いけど、意外と合う。

ひとでちゃんが笑う。ほっと一息ついていると、彼女の顔がスッと変わった。

「本当に、信じられないよね。またこんな酷いことが起きるなんて……」

急に哀《かな》しげな顔になり、テーブルの上で拳《こぶし》を握り締める。

何のことだ？　僕は困惑した。ひとでちゃんは俯《うつむ》き、泣きそうな顔になっている。

「ひとで。お待たせ」

後ろから声がした。振り返ると、花田と玉井がやってきた。

「え。佐藤と一緒にいたの？」

花田がぎょっとしたように言いながら、奥のボックス席に腰掛ける。

「あぁ、ここでばったり会ったの」

ひとでちゃんはリュックを持って立ち上がった。

「え。こんなとこで？　まさかつけられてたわけじゃないよね？」

花田が言うと、「怖っ」と玉井が身を引いた。

「まさか。じゃあね佐藤くん、また明日」

ひとでちゃんは僕に手を振ると、花田たちのテーブルへ移動した。

なんとなく、この状況が理解できた。

ひとでちゃんは奴らと待ち合わせをしていたのだろう。二人が来たので話題を変え、瞬時に哀しそうな顔を作ったのだ。

「何なの、ＬＩＮＥで言えない話って」

花田が聞くと、ひとでちゃんはぼそりと何かを言った。

「自殺……？　鷹守が……？」

花田が掠《かす》れた声を出した。玉井は声も出せないようだ。

鼻をすする音が聞こえる。ひとでちゃんだ。後ろ姿しか見えないが、泣いているのも、それが演技なのも一目瞭然《りょうぜん》だ。

何を考えているのか、全くわからない。

玉井と目が合ってしまう。盗み聞きしていると思われたのだろう。間違いではないが、汚いものを見るような目で睨《にら》まれた。

どうしようか。取り繕うようにスマホを手に取った時、腕に何かが当たった。

ひとでちゃんが置きっ放しにしていったウォークマンだ。ごまかすのに丁度いいと思い、僕はヘッドフォンを耳に当てた。ジャックを抜いて、自分のスマホに差し込む。

何気なく写真アプリを開くと、真っ暗なサムネイルが目に留まった。祠で撮影していた動画だ。これに渦女は写っているのだろうか。考えてみると、霊を撮影できるのかどうかなんて、今まで試してみたこともなかった。ドキドキしながら再生させる。

薄暗い祠が写ると、すぐに「水色」という声が聞こえた。

カメラが変な方を向く。突然ひとでちゃんに名前を呼ばれて、撮影どころじゃなくなったのだ。辺りの茂みを写しながら、画面が激しく揺れ動く。途端に暗闇《くらやみ》に覆《おお》われ、祠へ入ったのがわかる。

「見えるんでしょ？」「水色。教えて。何が見えるの？」

ひとでちゃんに問い詰められている間も、カメラはずっと祠の壁だけを写していた。

この分だと、どのみち渦女の姿は撮れていないだろう。

ひとでちゃんのお経が始まると、キィィィンという高音が響いた。

「陰陽安涅真改亜是衆御大御霊居常神色自若羯諦羯諦波羅羯諦波羅僧羯諦菩提薩婆訶」

ひとでちゃんは低い声でお経を唱え続ける。

すぐそばで、花田と玉井に泣き顔を見せている彼女の声とは思えない。だがこの流《りゅう》暢《ちょう》なお経を聞いていると、正真正銘のエクソシストなんだと改めて思う。

「鎮《しず》まり賜《たま》え鎮まり賜え」

お経の中に、僕でもわかる言葉が挟み込まれる。二度繰り返すのがしきたりのようだ。

懇願するような彼女の言葉に、ドンドンドン！　という音が返る。パンパンッという破裂音。黒板を爪で引っ掻《か》く音。全《すべ》てが不快でたまらない。その中に、滅茶苦茶《めちゃくちゃ》な言葉が聞こえてきた。信じられないが、これがあの女の、渦女の声なのだ。

首を絞めて喉《のど》を潰《つぶ》したような声色は、聞いてるだけで苦しくなる。音量を下げると、ひとでちゃんがお経を止めて言った。

「承知　仕《つかまつ》り候《そうろう》　承知仕り候」

ぴたりと渦女が静かになる。その後の言葉を聞いて、僕は思わず声を上げた。

「え？」

聞き間違いだろうか。動画を戻して音量を上げる。

「明日《みょうにち》は最上の生贄を奉《たてまつ》ります明日は最上の生贄を奉ります」

聞き間違いじゃない。確かに彼女はそう言った。

スマホが震えてビクッとなる。ひとでちゃんからのＬＩＮＥだ。

『私のヘッドフォンで何してるの』

返事をすることも、彼女の顔を見ることもできなかった。


僕はウォークマンを置いたままケンタッキーを出て、地下鉄の階段を降りた。

彼女の言葉をただただ鵜呑《うの》みにしてきたが、何が本当で何が嘘なのかわからない。

〈明日は最上の生贄を奉ります〉

ひとでちゃんは間違いなくそう言った。

明日は、ということは、今日も生贄を差し出したのだろうか。

思えば、井戸の中で鷹守が襲われていた時、世界屈指のエクソシストは何をしていたのだろう。あの時お経は聞こえてこなかった。
聞こえたのは、鷹守の懇願するような悲鳴だけだ。
〈頼む!!　やめてくれ!!　助けてくれ!!〉
奴は最後にそう叫んだ。
今から自分を襲おうとする渦女に対して、助けてなんて言うだろうか。
というか、そもそも鷹守には渦女のことが見えないはずだ。
じゃあ誰に？　あいつは誰に向かって叫んでいた？
背筋が凍り付く。
僕でもわかる。
相手はひとでちゃんしかいない。
彼女が鷹守を井戸に突き落とし、渦女に差し出した。
そう考えると腑に落ちた。
可愛《かわい》らしい顔が、忌まわしいものに見える。
初めて生物室で見た時の、白すぎる顔。
あの禍々《まがまが》しいオーラを思い出す。
もうダメだ。これ以上関わらない方がいいだろう。
足早に改札を抜けようとすると、腕を摑《つか》まれた。

「お待たせ」

ひとでちゃんだった。

「地下鉄じゃなくて歩いていこ」

クスッと笑って、僕の腕を引っ張る。

「いやでも、もう帰らないと」

「ご両親の帰り、いつも夜遅いでしょ？」

僕は咄嗟に彼女の手を振り払った。

怖かった。両親の仕事の話はしたけど、いつも帰りが遅いと話した憶《おぼ》えはない。

沈黙が訪れ、改札に入っていく人の足音が響く。

ひとでちゃんは首にヘッドフォンをかけたまま、大きな目で僕を見ている。

「今日は帰るよ……」

ぼそりと言って歩き出すと、「待って」と言われた。

「撮影した動画を見てたんでしょ。私のことが怖くなった？」

お見通しのようだ。無言で頷くと、彼女は歩み寄ってきた。

「理由があるの。聞いてほしい」

大きな黒目が潤《うる》んでいる。これも演技だろうか。そうに違いない。そう思いつつも、僕は頷いてしまった。

彼女に連れられ、階段を上って地上へ出る。

もうどうにでもなれと、やけになったわけじゃない。どうしても知りたいのだ。ひとでちゃんが何を企《たくら》んでいるのか。知らないまま逃げるのが気持ち悪かった。

「もうわかったと思うけど、鷹守清史郎を渦女に差し出したのは私よ。正当な手順を踏んで、彼の名前を石に刻み、井戸に投げた」

夜の大通りを歩きながら、ひとでちゃんは言った。

「どうして……」

「渦女には奴の怨念が籠《こも》ってるから」

「いや、でも……」

「鷹守の怨念で目覚めた渦女が、鷹守を喰べることで身を引く。それが、考えうる限り最善の筋書きだった」

「でも、ひとでちゃんは、世界屈指のエクソシストなんでしょ？　生贄とか、そんな、犠牲者を出さないでどうにか」

「何言ってるの」

ひとでちゃんは僕の言葉を遮って、ふふっと笑った。

「勘違いしないで。人間ごときが悪魔に敵《かな》うわけないじゃない」

僕は虚を突かれた。

「言ったでしょ？　悪魔っていうのは神と呼ばれることもあるって。要はそのくらい、格が違うってこと」

「え、でも、悪魔《あくま》祓《ばら》いっていうのは……」

「悪魔を服従させて、封印する。そんなイメージでしょ？　いるわよ、実際にもそういうエクソシストは昔も今も存在する。でもそんなのは、立場をわきまえてない下等な奴ら。悪魔じゃなくて、そのへんの霊を相手に満足してるだけ」

　ひとでちゃんは真顔で続ける。

「私の仕事の第一目的は、悪魔を退治することじゃない。交渉して、帰って頂くこと」

「交渉……」

「だから悪魔と会話ができるこの力が、重宝される」

　それほどまでに、悪魔とは強大なものなのか。

「私はさっき鷹守を差し出した。けどそう簡単にはいかなかった。鷹守が死んでも渦女は止まらなかった」

「作戦が失敗したってこと？」

「はっきり言わないでよ、傷つくなぁ。でも失敗とは違うよ」

　ひとでちゃんは頭を傾け、コキッと首を鳴らして続けた。

「悪魔を祓うっていうのはそんな簡単なことじゃないってこと。私は被害を最小限に止《とど》められるように、常にいくつかの謀《はかりごと》を巡らせる。一の矢が駄目だったら二の矢、三の矢を用意してる。結果的に祓うことができれば、失敗には入らない」

「じゃあ、次は二つ目の計画があるってこと？」

「そういうこと」

「その計画の為に、また生贄を用意するってこと？」

「そういうこと」

「また誰かが犠牲にならなきゃダメってこと？」

「そういうこと」

ひとでちゃんは同じことしか言わなかった。その物言いは真冬の風よりも冷たく、僕の心臓を縮こませる。

「鷹守はクラス全員を恨んでた。このまま何もしなければ、全員が喰い殺されることは間違いない。おそらくそれが終われば、無関係の人も襲われる」

筋は通っている。合理的な考え方かもしれない。でも、納得はできなかった。いや、納得してしまう自分が許せないのかもしれない。けれどそれよりもまず、気になることがある。僕は恐る恐る、ひとでちゃんに聞いた。

「誰を、生贄にするつもりなの……？」

彼女はマンホールの蓋にぴょんと飛び乗り、さらりと言った。

「それを考えてるから、色々話を聞いてるんでしょ」

「もしかして、さっき花田たちと会ったのも、その為ってこと？」

「じゃなかったら、こんな時にわざわざ会ったりすると思う？」

　スタスタと歩きながら、話し出す。

「花田唯。おとめ座、B型、四人家族の長女で中等部に弟がいる。成績はクラスでも常に上位。頭の回転も早くて口が達者。容姿にも自信があって、男にモテる方法を心得てる。だけど美園レイラの存在で常に二番手。何をやっても彼女には敵わないので、コンプレックスに支配されてる。それを押し殺してるからストレスが酷く、不眠と肌荒れに悩んでる。唯一《ゆいいつ》の発散法はインスタグラム。男が喰い付きそうな自撮り写真をあげて、いいねを増やして満足してる。でもその行為が無意味で空虚なことも自覚してる」

　ゾッとした。

「……それ、全部、この二日で調べたってこと？」

「橅さんから貰った情報も多いよ。でも直接話さないと、わからないことは多いから」

「……僕のことも、調べてたってこと？」

　脅える僕をよそに、ひとでちゃんは飄々《ひょうひょう》と話し出した。

「佐藤水色。やぎ座、A型、一人っ子。成績は中の上で数学は学年でもトップクラス。美術は得意な方だけど音楽と体育は苦手。太りやすい体質で、食が細いのに丸っこい体をしている。幼い頃から虐めを受けていて、クラスでは目立たないように過ごしてる。両親はファイナンシャルプランニングの会社を経営していて、共に数学脳。効率を何より重んじていて、家事の一切を家政婦に任せてる。そんな両親に水色は一抹の寂しさを感じながらも、そういう考え方で生きた方が楽だと思っている。感情的になればなるほど損をすると思い込んでるので、発言する時も、それを言ったら相手はどう思うか、自分の立場がどうなるか、そんなことをいちいち考えてしまう。基本的に自分が嫌いで、未来に希望を持っていない。人生は数学のように狂わない世界。大逆転や奇跡なんて起きないと信じてる」

　ぶわっと鳥肌が立った。

　全てその通りだ。怖い。気持ちが悪い。

　ひとでちゃんは足を止めて振り返り、憎しみを込めたような顔をした。

「にしても、花田と玉井の水色を蔑《さげす》むような目。最低だったよね」

　僕は無言で目を逸《そ》らした。

　街灯のオレンジ色や信号の青、テールライトの赤が静かに流れていく。街中の夜空は明るくて、星は見えない。

〈水色は虐められてるの？〉

　そう聞かれたことを思い出す。あれは、悪人をあぶり出そうとしていたのだろうか。

〈もし水色が鷹守と同じ立場だったら、自分もやった？〉

僕にはできないと答えたけど、もしも頷《うなず》いていたら。僕も生贄の候補に近づいたのだろうか。

しばらく歩くと、ひとでちゃんは大通りを左折した。賑《にぎ》わっている国分町《こくぶんちょう》に入っていく。如何《いかが》わしい店が立ち並び、たちの悪そうな客引きが立っている。こんな時間に、高校生が歩いていい場所じゃない。

「どこに向かってるの？　何しに行くの？」

聞くと、彼女はぶっきらぼうに答えた。

「夜遊び」

何を言っているのだ。やはり意味がわからない。そう思いながらも、僕の足は止まらない。自分の気持ちもわからない。

「君いくつ？　可愛いね」

案の定、客引きの男が彼女に声をかけてきた。

「少し我慢してて」

ひとでちゃんは小声でそう言うと、僕の腕を取って歩き出した。柔らかい手が密着する。ついさっきまでの僕なら、この状況を喜んでいただろう。でも今は怖い。何一つ嬉しくない。心を無にして歩いていくと、すぐに手を離された。

真っ白な外壁が派手なライトで照らされている。僕でも名前くらいは知っている、仙台でも有名なクラブだ。ひとでちゃんは立ち止まらずに、颯爽《さっそう》と入っていく。

「え、ちょ、ちょっと」

ポスターには派手な水着の金髪美女が写っていて、EDM PARTYと書いてある。彼女が好きと言っていた音楽だ。本当にただの夜遊びなのか？

びくびくしながら中に入ると、ひとでちゃんは受付にいた。店員にスマホを見せている。年齢を詐称《さしょう》しているのだろうか。

ちょっと待ってくれ。ひとでちゃんは私服だけど、僕は制服だ。警察が来たら確実に補導されるだろう。戸惑っていると、店員が出てきてホールへ案内された。

「あのさぁ、もうこんなことでいちいち驚かないでよ」

僕が質問する前に、ひとでちゃんは耳元で言ってくる。

確かにその通りかもしれない。考えてみると、彼女の父親は公安の人間なのだ。

扉が開き、激しい光と爆音が襲ってくる。広い吹き抜けのフロアに電子音が鳴り響く。耳が痛い。重低音が足の裏から突き上げて、僕の贅肉《ぜいにく》が揺さぶられる。虹色《にじいろ》のレーザービームが目に刺さる。

吹き抜けの周囲はキャットウォークのようになっていて、その中心にＤＪブースがある。ターンテーブルの前で緑色の髪をした男が叫び、フロアが沸き立つ。たくさんの若者が踊っている。いや、踊り狂っている。

ひとでちゃんは、いつのまにか黒縁眼鏡をかけていた。僕に何かを言っているが、爆音で聞き取れない。すると彼女に手を取られ、端っこのカウンターに連れて行かれた。

「ここに座ってなさい」と言っているようだ。

腰を掛けると、ひとでちゃんは踊り狂う人の中に入っていった。

明滅する光で、踊りがコマ撮りアニメのように見える。カクカクしながら人の波が動いていく。その中にひとでちゃんの姿が見えたが、彼女は踊っていなかった。

異様な光景だ。一人だけ、時間が止まったように立ち尽くしている。

その時、手前で踊っている女に目が留まった。

肌を露出させた派手なキャミソール。蛍光ピンクの短パンからすらりと伸びる脚。髪を乱しながら腰を振っているのは、美園レイラだ。

金髪の男にキスをするんじゃないかと思うほど、顔を寄せて踊っている。かと思えば別の男の手を握り、お尻《しり》を合わせ身をくねらす。

ひとでちゃんは、そんな美園をじっと見つめていた。

しばらくすると僕はひとでちゃんに連れられて、吹き抜けの螺旋《らせん》階段を上った。フロアを見下ろせるガラス張りの部屋に入る。

ドアを閉めると音はだいぶ遮られ、ほんの少しだけ楽になった。とはいえ落ち着く場所ではない。いわゆるＶＩＰルームという部屋のようだ。壁や床、ソファも全てが紫色のベルベットで覆われていて、ゴージャスなシャンデリアがぶら下がっている。

テーブルには、グラスが二つと大きな皿が並んでいた。チョリソーやフィッシュ&チップス、数種類のチーズやナッツなどが盛られている。

「はい、コーラ頼んでおいたよ」

グラスを受け取ると、ひとでちゃんはソファに座りながら言った。

「あの子のことどう思う？　悪いやつだと思う？」

僕はソファに浅く座って、慎重に答えた。

「まぁ、こんな所に来てるのは校則違反だし、ていうか、条例違反だと思うけど……」

「それって悪いことなの？」

悪いことに決まってる。けれど生贄のことがちらついていて、断言するのが憚《はばか》られる。

「私、普段悪魔ばかりを相手にしてるから。善悪の感覚が麻《ま》痺《ひ》してるんだよね」

ひとでちゃんはそう言いながらフライドフィッシュにフォークを突き刺し、ピザに添えてある蜂蜜《はちみつ》に押し付けた。

「で、水色は誰を生贄にするのがいいと思う？」

僕は何も言えない。外から聴こえてくる音楽が、遠のいていくように感じる。

ぱっと頭に浮かんだのは、やはり三ツ橋の顔だった。でも、恐ろしくて口に出すことはできない。葵を脅迫していた三ツ橋が憎いが、死に値するほどの罪だろうか。

「僕は誰も選べないよ。選びたくないよ」

はっきり言うと、間髪を容《い》れずに返された。

「葵莉子を苦しめてた三ツ橋でも？」

「あいつのことは憎いけど……死ぬほどの罪とは、思えないよ」

「本当に、お人好《ひとよ》しなんだね」

ひとでちゃんは言った。

「お人好しで、馬鹿《ばか》」

そう言われて、僕は思わず立ち上がった。

「やっぱり生贄を選ぶなんて、そんなの間違ってない？　何か他に方法はないの？」

「ないよ」

ひとでちゃんはあっさり言う。

「選ぶしかないの。じゃないとみんな殺される」

「でも、無理だよ、そんなの……」

「勘違いしないで。私は意見を聞いてるだけで、あなたに選んでって頼んでるわけじゃないから」

「じゃあ、ひとでちゃんは、どうやって選ぶの……」

「基準は三つ」

「三つ？」

「一つは、渦女《うずめ》の好みかどうか」

「好み……」

「さっきも言ったけど、奴の中にはまだ鷹守の怨念《おんねん》が宿ってる。だから無関係な人間だと喰い付きは悪いの。鷹守が殺したいと思っていた人間か、もしくは好きな人間か。関心が高ければ高いほど、上手《うま》くいく確率は高い。ちなみに鷹守は、葵莉子と一番仲が良かった水色のことも、だいぶ気にしてただろうね」

　ひとでちゃんは悪戯《いたずら》っぽく微笑《ほほえ》んだ。僕は心を落ち着けようと、コーラを口に含む。今度のはかなり炭酸が利いているのに、落ち着くことはできない。

　ひとでちゃんは気にする様子もなく、話を続けた。

「二つ目は、罪の重さ」

「罪……？」

「誰にだって、罪の一つや二つはあるでしょ。それを測るの」

　そう言いながら、唇に付いた蜂蜜をペロッと舐《な》めた。

「私は命に序列を付けてるの」

「序列って……そんなの、そんなの良くないよ」

「良くない。どうしてそう言えるの？」

「どうしてって……だって」

「大勢の人間を救う為《ため》に、犠牲になる人間を一人選ぶ。それがいけないこと？」

「でも、命っていうのは、平等なものでしょ？」

懸命に訴えると、彼女は再びフォークをフィッシュに突き刺した。

「命の価値は平等？　よくそんなことが言えるわね。フライにされた魚が、可哀想だとあなたは思うの？　鶏《とり》を憐《あわ》れみながら、ケンタッキーを食べてるの？」

僕は何も言えない。

「じゃあ例えば、これがイルカのフライだったら？　ケンタッキーフライドキャットだったらどう？　可哀想だと思うんじゃないの？」

反論できない僕に、ひとでちゃんは畳み掛けてくる。

「それは命に序列を付けてるってことでしょ？　食べ物だけじゃない。カエルの解剖も、ヒグマを動物園に閉じ込めることだってみんなそう。あなたが風邪を引いて飲む薬だって、毎日使ってる洗顔料だって、数え切れないほどの小動物が実験台にされた上でお店に並んでるのよ？　人間はみんな、命に序列を付けてるじゃない」

「いや、でも、それは、動物の場合であって……」

言い訳のように声を上げると、すぐに反論される。

「動物ならいいんでしょ？　それも序列だよね」

何も言えない。

その通りだと思った。

もはや、悔しさすらも浮かばない。徹底的に打ち負かされた。

「三つ目は、何なの……？」

ひとでちゃんはフォークの先から、蜂蜜の糸を滴《したた》らせながら言った。

「私の好み」

立ち上がって、僕のすぐ隣に腰掛ける。

「最低だと思う？」

彼女の息が頬に触れ、ドキッとする。

蜂蜜の甘い香りが、僕の呼吸を乱す。

彼女は僕の眼前で、無邪気に笑った。

「だから最初に言ったでしょ？　ひとでなしのひとでちゃんって」

二月六日 木曜日

Thursday, February 6

目覚めは最悪だった。

というか、ほとんど眠れていない。鉛がぶら下がっているかのように目蓋《まぶた》が重い。明けたばかりの薄暗い空でさえ、眩《まぶ》しく感じてしまう。

僕は頭を枕《まくら》に沈めたまま、昨日のことを反芻《はんすう》していた。

あの後、ひとでちゃんはダンスフロアに戻り、僕は一人でクラブを出た。帰り道はひたすら孤独だった。何もないのに後ろが気になって、何度も振り返った。

家も暗く、寒かった。久米さんの料理に手を付けず、二人が帰る前に部屋に入った。

もし僕が生贄《いけにえ》に選ばれることになったら。考えただけで体が震えてくる。

死というものは、人よりも身近にあったと思う。虐《いじ》められていた時、特に葵と仲良くなる前は、死んだらどうなるんだろうと妄想する毎日だった。

でも、自ら死を選ぶのと、強制的に押し付けられるのとでは、圧倒的な差があるように思えた。当然、僕には後者の方が恐ろしい。

ひとでちゃんの無邪気な笑みが頭から離れない。

目々ちゃんのことをばらしたらどうするかと聞いた時、彼女はあっさりと言った。

〈殺す〉

あの時は冗談だと思ったけど、今はそう思えなかった。

そもそも、クラスで見せている楽しそうな笑顔は全《すべ》て芝居だったのだ。

罪に関してはどうだろう。僕は、それほど悪いことをしたことがない自負がある。けれど。海老原を死なせてしまったことはどうだろうか。罪とはいえないだろうか。

一度ネガティブ思考に陥ると、それは壊れたメリーゴーランドのように、際限なく回り続ける。自分が生贄に選ばれる要因が、膿《うみ》のように湧《わ》いてくる。

寒い。暖房を付けているのに、異様に寒く感じる。

僕は身を震わせながら、クローゼットの奥から古いアルバムを引っ張り出した。

いつぶりだろうか。もう何年も開いていなかった。幼稚園の卒園式に、小学校の運動会、学芸会。僕が幼い頃の写真が並んでいる。

笑顔は少ないけれど、それでもお父さんが撮り、お母さんがまとめてくれたものだ。

ぱらぱらめくっていくと、ＪＡＸＡの宇宙センターに行った時の写真があった。

北耀学園に受かったご褒美《ほうび》にと、珍しく旅行で連れて行ってもらった時のものだ。

巨大なロケットの前で、僕は無邪気に笑っている。お父さんとお母さんも笑っている。

二人のこんな顔は、もうずっと見ていない。

幸せだったなぁと思う。

宇宙開発の展示を見て、世界には自分の知らないことがたくさんあると実感した。未来に楽しいことが待っていると思っていた。

でもどうだろう。楽しいことはあっただろうか。希望はあっただろうか。

数日前まではあった。ろうそくの火のようにか細い明かりだったけど、手探りじゃないと進めないような仄暗《ほのぐら》い道だったけど、確かに希望の灯はあった。

今は真っ暗だ。そこに道があることすらわからない。

僕はアルバムをゴミ箱に押し込んで、ベッドに倒れ込んだ。

こんなことをしても、お母さんは気づきもしないだろう。週末に久米さんが来て、ゴミ袋ごと捨てていくだけだ。

気がつくと窓の外がだいぶ明るい。スマホを開くと、ＬＩＮＥが届いていた。

『縦島さんって、なんなの？』

葵からだった。夜中の二時に受信しており、その五分後にも言葉が続いている。

『いきなりメールが来たの。明日の朝、学校が始まる前に会いたいって』

一瞬で目が覚めた。時計を見ると、六時半を過ぎている。

すぐに電話をかけたが、葵は出てくれない。僕は指先を震わせながら『会わない方がいい』とだけ送り、急いで着替えて部屋を飛び出した。

嫌な予感しかしない。

〈鷹守が殺したいと思っていた人間か、もしくは好きな人間か〉

聞き流していたけど、もしもひとでちゃんが生贄に後者を選ぶとしたら。

コートを着るのも忘れ、冷たい風を切りながら学校へ走る。タクシーを捕まえようと思ったが、今日に限って見当たらない。

何度かけても葵は出ない。ひとでちゃんの電話も繋《つな》がらない。スマホを握りしめながら坂道をひた走り、校舎へ駆け込んだ。

靴箱に葵のローファーがある。その下にひとでちゃんの黒いコンバースが見えた。一段飛ばしで階段を上る。窓から教室を覗《のぞ》くが、誰もいない。すぐに引き返して下へ戻る。薄暗い廊下を走ると、図書室から蛍光灯の光が漏れていた。

声が聞こえてくる。お経だ。

ドアに呪符《じゅふ》が貼《は》られている。僕が貼られたものと色が真逆で、白地に黒い五芒星《ごぼうせい》が描かれている。僕は息を止め、ドアの隙間《すきま》から中を覗いた。

ひとでちゃんの背中が見えた。

両耳からガラスのような黒い玉がぶら下がり、ゆらゆらと揺れている。

「陰陽安涅真改亜是衆渦女ノ神居常神色自若羯諦羯諦波羅羯諦波羅僧羯諦菩提薩婆訶」

彼女は床に正座をして、お経を唱えていた。

すぐ向こうに誰かの背中が見える。葵じゃない。三ツ橋だ。小刻みに震える背中に、黒い呪符が貼られている。

三ツ橋を生贄にするのだろうか。じゃあ葵は？

ドン！

突然大きな音が響き、ガタガタガタガタと窓が音を立て始めた。

「渦女《うずめ》ノ御霊《みたま》来たり賜《たま》え渦女ノ御霊来たり賜え」

ひとでちゃんがお経の中に、言葉を挟んで繰り返す。

音が地鳴りに変わっていく。足元まで揺れている。棚からたくさんの本が落ちてくる。

バチバチッと蛍光灯が消え、図書室が不気味な暗さに覆《おお》われる。

開け放たれた窓の景色が、蜃気楼《しんきろう》のように歪《ゆが》んだ。

奴だ。渦女が来た。

異様なほど細い体が這《は》ってくると、目々ちゃんがキキッと鳴いて渦女を見た。ひとでちゃんはお経を止《や》め、頭を深く床に付ける。

「此《こ》の方《ほう》を奉《たてまつ》ります此の方を奉りますお憑《つ》き下さいお憑き下さい其《そ》の女子《おなご》をお召し上がり下さい其の女子をお召し上がり下さい」

その女子？　召し上がる？

本棚の隙間に見覚えのある鞄が見えた。

躊躇《ちゅうちょ》なくドアを開けると、葵が意識を失ったかのように横たわっていた。

ひとでちゃんが振り返る。目を見開いて僕を見る。

「来るな」

強い殺気を感じる。が、僕は止まらない。

「水色、やめて」

僕は聞かない。葵を抱き上げて逃げようとする。とその時、強烈な悪寒《おかん》を感じた。背骨を抜かれたように尻餅《しりもち》を付く。目の前に渦女がいた。ぐるぐる渦を巻いた目で、じっと僕を見つめてくる。

「陰陽安涅真改亜是衆渦女ノ神居常神色自若羯諦羯諦波羅羯諦波羅僧羯諦菩提薩婆訶」

ひとでちゃんが読経《どっきょう》を再開する。

キィイイイインという高周波に、滅茶苦茶《めちゃくちゃ》な声が響く。床にウォークマンが置いてある。渦女が言葉を発しているのだ。

「鎮《しず》まり賜え鎮まり賜え鎮まり賜え」

ひとでちゃんが言った瞬間、僕の肩に渦女が乗った。重い。動けない。僕は倒れ込み、床に手をつく。うつ伏せのまま押し潰《つぶ》される。

「陰陽安涅真改亜是衆渦女ノ神居常神色自若羯諦羯諦波羅羯諦波羅僧羯諦菩提薩婆訶」

渦女に潰されながら、僕の意識は遠のいていく。お経も聞こえなくなっていく。

じっとりと濡《ぬ》れた髪が僕の首を撫《な》でる。

喰われる。終わりだ。僕は死ぬ。

その時、フッと体が軽くなった。渦女が引いたのか？　いや違う、何かがおかしい。壁が下に動いていく。違う、動いているのは自分だ。僕の体が浮いていく。背中が天井にぶつかると、首元に渦女がいた。奴が天井に貼り付きながら、僕を持ち上げたのだ。

渦女は背後から手脚を僕の体に回している。僕を抱き締めたまま、にゅるっと首を伸ばす。眼前が真っ黒な後頭部で覆われると、それがくるっと回ってこっちを見た。

僕は何もできない。渦女はさらに首を伸ばし、僕の口にゆっくり頭を突っ込んでくる。

助けて。叫びたいが声が出ない。

全身が奴を拒絶する。内臓と一緒に、全てを口から吐き出しそうになる。

うっすらと声が聞こえる。霞《かす》んでいく視界の中で、ひとでちゃんの脳天が見える。彼女は三ッ橋の頭を摑《つか》むと、仰向《あおむ》けに寝かせた。

「此の方にお憑き下さい此の方にお憑き下さい」

三ッ橋は目をまん丸に見開き、恐怖の形相でこっちを見ている。ガチガチガチガチと顎《あご》を鳴らしている。だが渦女は止まらない。僕の口内に体をねじ込ませてくる。

ひとでちゃんはだらりと伸びた僕の右腕を摑むと、手のひらに何かを押し付けた。

熱い。激痛が走る。じゅうぅうううっと僕の手が焼ける。

「Xahiş edirəm mənə müqəddəs güc verin. Xahiş edirəm bədəninizdəki bu kiçik suyu müqəddəs duza çevirin. Xahiş edirəm mənə müqəddəs güc verin. Xahiş edirəm bədəninizdəki bu kiçik suyu müqəddəs duza çevirin」

彼女はどこかの言葉を発しながら、さらに力を込める。

肉が焦《こ》げ、煙が立つ。僕の喉《のど》がぶるんと揺れる。

鳥や獣の雄叫《おたけ》びをごちゃ混ぜにしたような奇声が僕の口から発せられる。

瞬間、僕は落下した。床に全身を強打するが痛みは感じない。驚くほど体が軽い。渦女は三ツ橋へ移動したのだろうか。天井を見上げると奴がいた。じっとりと貼り付いたまま、頭だけを回転させる。逆さまになった顔で、ひとでちゃんを見つめている。

怒っているのだろうか。ぐるぐると巻いている渦が、今までよりも速さを増している。見ているだけで吸い込まれてしまいそうだ。

「陰陽安涅真改亜是衆渦女ノ神居常神色自若羯諦羯諦波羅羯諦波羅僧羯諦菩提薩婆訶」

ひとでちゃんはお経を再開させて後ずさる。

「三ツ橋恭介にお憑き下さい三ツ橋恭介にお憑き下さい」

言葉を挟むが、渦女は聞いていない。ひとでちゃんから目を離さずに、その手を下へ伸ばした。蜘蛛《くも》のような手脚が彼女の体に絡《から》みつく。

「陰陽安涅真改亜是衆渦女ノ御霊居常神色自若羯諦羯諦波羅羯諦波羅僧羯諦菩提薩婆訶陰陽安涅真改亜是衆渦女ノ御霊居常神色自若羯諦羯諦波羅羯諦波羅僧羯諦菩提薩婆訶」

ひとでちゃんはお経を唱え続けるが、おそらく何も効いていない。触手のような手脚がゆっくりと縮まって、彼女の体を持ち上げていく。さっきまでの僕と同じ状況だ。それでもひとでちゃんはお経を唱え続けている。

助けないと。

僕は立ち上がり、彼女の腕を掴んだ。全体重を掛けて下に引くと、ひとでちゃんのお腹《なか》が膨れて何かが飛び出した。渦女が瞬時に手を移し、ひとでちゃんの体が床に落ちる。図書室が揺れ、バラバラと本が落ちてくる。蛍光灯の破片が降り注ぐ中で、ひとでちゃんはすぐに立ち上がった。

渦女は天井に貼り付いたまま、小さな何かに纏《まと》わり付いている。大きな尻尾《しっぽ》が見えた。お腹から飛び出したのは目々ちゃんだ。

渦女は彼の小さな口の中に、にゅるっと頭をねじ込ませていく。

ひとでちゃんはふぅと息を吐き、リュックから小さなナイフを取り出した。左手でそれを握りながら、右手で黒い皮袋を出す。瞬間、目々ちゃんの体が落ちてきた。

ひとでちゃんはすぐに駆け寄る。渦女は真っ黒な顔をぐるりと回転させて、ひとでちゃんを見た。

「危ない！」

僕が叫ぶと同時に、渦女が降りてきた。ひとでちゃんは横に跳ぶ。仰向けに寝ている三ツ橋の頭を摑み、首をナイフで切りつける。僕は咄嗟《とっさ》に目を背ける。

ぶしゅっと嫌な音がする。

見ると、三ツ橋の喉がぱっくり割れていた。

渦女がそこに飛び付く。二本の手で三ツ橋の肩と頭を摑み、首の割れ目をゆっくりと開いていく。血が噴き出すと、裂け目に顔を埋めた。じゅるじゅると貪《むさぼ》っている。

既に三度も見た光景だが、今までよりもずっとおぞましい。

三ツ橋の首を切り裂いたのが、ひとでちゃんだからだ。

彼女は目々ちゃんを抱きながらお経を唱え始める。

「陰陽安涅真改亜是衆渦女ノ神居常神色自若羯諦羯諦波羅羯諦波羅僧羯諦菩提薩婆訶許し賜え許し賜え鎮まり賜え鎮まり賜え午ノ刻御霊へ最上の贄を奉り候午ノ刻御霊へ最上の贄を奉り候陰陽安涅真改亜是衆渦女ノ神居常神色自若羯諦羯諦波羅羯諦波羅僧羯諦菩提薩婆訶」

渦女はそれを聞いているのだろうか。奇怪な声を上げながら三ツ橋を貪っている。

「水色。出て、早く」

その声を聞き、僕は我に返った。

葵に駆け寄り腕を取る。抱き上げて図書室を出ると、ひとでちゃんも出てきてドアを閉めた。白い呪符の横に、同じものを数枚貼り付ける。

僕は葵と一緒に倒れ込んだ。もう限界だった。

ひとでちゃんは目々ちゃんを抱いている。

「お願い。戻ってきて」

目々ちゃんの体を小さく揺さぶるが、ぴくりとも動かない。

「目々ちゃん。お願い。行かないで」

十字架を彼の胸に当て、聞き慣れない言葉を発する。

「Agur Maria, graziaz betea, Jauna da zurekin. Bedeinkatua zara zu andre guztien artean, eta bedeinkatua da zure sabeleko fruitua, Jesus. Santa Maria, Jainkoaren Ama, erregutu ezazu gu bekatarion alde, orain eta gure heriotzako orduan. Amen」

言葉を止め、ゆっくり視線を上げる。

視線の先に、シャボン玉のような虹色《にじいろ》が見えた。目々ちゃんだ。あの子の魂だろう。

ひとでちゃんにも見えているのだろうか。彼女はじっと虚空《こくう》を見つめている。

「Agur Maria, graziaz betea, Jauna da zurekin. Bedeinkatua zara zu andre guztien artean, eta bedeinkatua da zure sabeleko fruitua, Jesus. Santa Maria, Jainkoaren Ama, erregutu ezazu gu bekatarion alde, orain eta gure heriotzako orduan. Amen」

ひとでちゃんは同じ言葉を繰り返しながら、目を閉じた。

廊下の窓から光が差し込む。

彼女は徐々に声を落とす。それが聞こえなくなると、ゆっくり目を開ける。そっと目々ちゃんの顔に触れ、彼の目蓋を優しく閉じた。

目々ちゃんは固まったまま、動くことはなかった。

ひとでちゃんはじっと、その顔を見つめている。

肩が微《かす》かに震えている。

彼女は必死に悔しさを押し殺している。そんな風に見えた。

保健室のベッドに葵を寝かせ、隣のパイプ椅子《いす》に腰を下ろす。

彼女の後頭部には黒い呪符が貼られていて、五芒星の中に三日月が描かれていた。ひとでちゃんが図書室に葵を呼び出し、眠りの呪符を貼ったそうだ。

「すぐに起きるから安心して」

そんなことを言われても、安心できるはずがない。

日が差してから図書室を覗くと、渦女の姿は消えていた。だが蛍光灯は割れ、本が散乱し、床は血塗《ちまみ》れ。三ツ橋の胴体と頭が転がっていた。

これからどうなるのだろうか。不安は何倍にも膨れている。

疑問もあった。さっきひとでちゃんは、渦女に憑かれかけた僕に何かをした。数百度に熱した鉄を押し付けられたかのように、右の手のひらが焼け焦げた。なのに今は痛まない。かすり傷一つ見当たらない。

「さっき、僕の手に何をしたの？」

聞くと、ひとでちゃんは銀のコインを見せてきた。五百円玉ほどの大きさで、アラビア語のような文字が刻まれている。

「ある国に伝わる魔《ま》除《よ》け法なの。渦女が怒らない程度に緩いものを試したけど、それが間違いだった」

僕を助けなければ良かったということだろうか。ぞわりと全身が寒気立つ。

ひとでちゃんは白い布の上に目々ちゃんを寝かせると、胸に耳を当てた。よく見ると、微かに動いている。目々ちゃんの心臓が鼓動している。

「まだ生きてるの⁉」

声を上げて駆け寄ると、ひとでちゃんは首を振った。

「心臓は動いてるけど、もう生きてない。魂が逝《い》っちゃった」

「どうゆうこと……？」

「憑き方は、悪魔によってそれぞれ違うの。憑いた者の魂と共生する奴、魂を喰い尽くす奴、それから、魂を外に追い出す奴。渦女はその類《たぐい》だったから、目々ちゃんの魂が放たれた。私にもっと力があれば呼び戻せたけど、無理だった」

図書室を出た後のことを思い出す。きっと彼女には目々ちゃんの魂が見えていなかったんだろう。

胸がぎゅうっと締め付けられる。

僕には目々ちゃんの魂が見えたことを、言うことはできなかった。

「図書室はどうなるの？　三ツ橋の体は？」

代わりに疑問をぶつけてみたが、ひとでちゃんは答えてくれない。

白い布で目々ちゃんを包むと、その体を丁寧にリュックに入れる。十字架を出し、そっと祈りを捧《ささ》げてから話し出した。

「学校は警察が封鎖してる。撫《ぶな》さんが全部処理するから大丈夫。それよりも」

そこで言葉を止め、僕を見た。

「どうして言うことを聞かなかったの。あなたのせいで失敗したのよ」

静かな声だ。怒っているのがわかった。

「だって、まさか、葵を生贄にすると思わなかったし……」

「誰がそう言った？」

朝の日差しが入り込み、彼女の肌をいっそう白く見せる。

「え、でも、じゃあどうして」

「彼女は撒《ま》き餌《え》。生贄のつもりじゃなかった」

「撒き餌？」

「悪魔が人間に憑くということは、人間の肉体を持つということ」

何を言っているのだろうか。よくわからない。

「どういうこと？」

「その状態の時にだけ、悪魔を討つことができる」

「討つ？」

「殺すという概念じゃ弱い。滅する。滅ぼすって言えば伝わる？」

「いや、でも、人間が敵《かな》う存在じゃないって、昨日は」

「普通のエクソシストならね」

ひとでちゃんは先生の丸椅子でくるっと回りながら言った。

「そんな、だって、悪魔は格が違うって言ってたから……」

「格が違うのは事実よ。だからこそ、人間に憑いたら悪魔はその力の多くを失うの。でも憑かせるのは一苦労。強制的に憑かせることは不可能だから、低姿勢で交渉して、丸め込まなきゃいけない」

「丸め込む……」

「渦女は鷹守を喰べても満足しなかった。血に飢え、渇いていた。だから、人に憑いてから人を喰べれば、ずっと美味《おい》しさを感じられるって教えてあげたの」

「そんなことで、騙《だま》せるの？」

「それは嘘《うそ》じゃないから。人間の肉体でものを喰べれば、美味しいのは事実なの。だから私は、三ツ橋に憑いて葵を召し上がって下さいと願い出た。渦女はそれを聞き入れた。あなたが乱入してこなければ、葵が喰われる前に、奴を討つことができた」

　言葉を返せない僕に、彼女は続ける。

「討つのも簡単じゃないのよ。体を離れられたら終わりだから、速さと技術が問われる。それも私の特殊技能」

「いや、でも〈私の仕事は、悪魔を退治することじゃない〉って言ったでしょ、あれは嘘だったってこと……？」

　納得できない僕を見て、ひとでちゃんはため息を吐《つ》いた。

「そうは言ってない。私の仕事の第一目的は悪魔を退治することじゃない。そう言ったのよ」

　何も言えない。似ているようで、意味は違う。

「最優先すべきは、少しでも多くの人命を救うこと。私はその為《ため》に最善の方法を選択する。今回の場合は、憑かせて討つことが最良だと判断した」

「そんな……」

まさか自分のせいで、こんなことになったとは。目の前が真っ暗になる。

「どうして、どうしてそれを先に言ってくれなかったんだよ……」

漏らすように言うと、ひとでちゃんは僕を睨《にら》みながら言った。

「どうして手の内を明かさないといけないの。あなたのこと、まだ信用してないし」

「ごめんなさい……」

僕は素直に謝った。そう言うしかなかった。

渦女を討てないどころか、僕のせいで目々ちゃんは死んでしまったのだ。

「本当に、ごめんなさい」

頭を下げると、ひとでちゃんは冷蔵庫から栄養ドリンクを出して、僕に投げてきた。

「責任転嫁《てんか》ね……失敗したのは私のせいだよ」

「いや、そんなことは」

「渦女は最初、乱入してきた水色に憑こうとした。生贄をあなたに変更して、そのまま討てばそれで終わっていたのに、私は躊躇してしまった」

ひとでちゃんは悔しそうに言った。

彼女は僕を助けてくれたのだ。そしてそのせいで、こんなことになってしまった。その事実に僕は戸惑いを隠せない。

「三ツ橋に憑くようしつこく懇願したせいで、渦女は私を標的にした。かなり危なかったけど、目々ちゃんが救ってくれた」

　ひとでちゃんはリュックに手を触れながら続ける。

「渦女が目々ちゃんに憑いた時、迷わず討とうと思った。だけど奴はすぐに離れて、また私を狙《ねら》ってきた。だから私は三ツ橋の首を裂いた。自分の身を守る為に」

「いや、でも、それはしかたないことでしょ……？」

　ひとでちゃんが殺されたら、僕らの命もない。彼女は自分の命を守ることを最優先にしないといけないのだ。

「それはそうよ。私は絶対に死なないの」

　僕の頭の中を読んでいるかのように、彼女は答える。

　その目が、どこか寂しそうに見えた。

「だから最悪の事態は回避できた。けどそもそも、水色の乱入を読んでなかったのは私のミス。それに、渦女の力を甘く見てた。目々ちゃんがいなかったら私は逃れられなかったし、あなたが危ないって叫ばなかったら、きっと私が憑かれてた」

　僕のおかげで助かったのか？　信じられないし、そうだとしても嬉《うれ》しくない。

「でも、やっぱり全部僕のせいだよ。僕のせいで、目々ちゃんは……」

「いいの。気にしないで。それがこの子の役目だから」

　ひとでちゃんはそう言うと、リュックを抱えて保健室を出て行った。

「どうゆうこと……？」

僕は後を追って、廊下に出る。

「使い魔ってわかる？　魔法使いが黒猫とかフクロウとかを連れてるでしょ。あの子らと一緒。使い魔の本来の役目はね、万が一の時に身を挺して主人を守ること。目々ちゃんはその責務を全うしてくれた」

責務。その考え方はわかる。わかるけど、そんなものなんだろうか。せつなくなる。

目々ちゃんの一生はなんだったのだろうか。哀《かな》しくなる。

誰もいない廊下を歩き、三階へ上がる。

僕らの教室に入ると、ひとでちゃんは席に着いてウォークマンを出した。再生ボタンを押すと、激しい電子音が流れ出す。好きだと言っていたGhostrichだ。

席について目を閉じる。人工的な音楽で、心を落ち着かせようとしているのだろう。

〈自然って恐ろしいものだから〉

そう言っていた意味が、今なら理解できる気がした。

悪魔の存在も、自然の一部なのだろう。

「これから、どうするの？」

「クラス全員が揃《そろ》うまで待つ。撫さんに呼び出してもらってるから」

ひとでちゃんは目を閉じたまま答えた。

歌はサビへと突入し、激しい盛り上がりを見せていた。

「次の生贄を決める。もう余計なことはしないでね」

「全員を呼んで、どうするの？」

黒板の端に記された日直の名前が、これは現実だと訴えかけてくる。

だが、もはやここが毎日通っていた教室だとは思えない。僕はそわそわしながら、ひとでちゃんの一挙手一投足を見つめていた。

彼女は数曲聴き終えると、電話で榧さんに何かを指示して、黒いハンカチでナイフを拭《ふ》き始めた。使い込まれたような切っ先が鈍色《にびいろ》に光っている。

両耳にぶら下がっているガラス玉は光の角度によって色が変わるようだ。朝日を浴びて、エメラルドグリーンに輝いている。

「それ、何なの？」

「スーダンの遊牧民に貰《もら》った御守り。リビアヤマネコの目玉だよ」

そう言われると綺麗《きれい》とは思えないが、よほど縁起のいい物なんだろう。じっと眺めていると、ひとでちゃんはリュックから道具を出して、机の上に並べていった。

黒と白の呪符の束、銀貨が詰まったコインケースに、象形文字が並んだ四角い銅の羅針盤。さっきナイフと一緒に出していた皮袋からは白い塊が見えたが、何が入っているのかわからない。聞いてみようとした時、ひとでちゃんは小さなピストルを出した。

アンティークのように古めかしく、黄金のグリップにアラビア風の幾何学模様が装飾されている。続いて、長く太い銀の杭《くい》と、大きな木槌《きづち》が出てきた。柄の部分には、象の姿をしたインドの神様が彫られている。そんな仰々しい物たちの横に、キティちゃんの手鏡が並んだ。取り合わせが異様すぎて現実感がない。

最後にひとでちゃんは首にかけているロザリオを取り、金色の十字架を見つめた。小さなキリストが磔《はりつけ》にされ、四方に鳩《はと》が飛んでいる。

「あの文献みたいに、陰陽師《おんみょうじ》みたいなお祓《はら》いをするわけじゃないの？」

「陰陽道も取り入れてるけど、私の祓魔《ふつま》は別物。同じ方法だと、過去の二の舞になるでしょ。と言うか、そもそも江戸時代に渦女の襲来にあった時、私の家に頼めばこんなことにならなかったのに」

ひとでちゃんは愚痴るように言いながら、銀の杭を磨きはじめた。

「私の家？」

僕は思わず繰り返し、根本的な質問をしていなかったことに気がついた。

「あの……そもそもひとでちゃんって、どうしてエクソシストになったの？」

「あぁ。私はね、秀吉とか家康に陰で仕えていた祓魔師の末裔《まつえい》なの」

突然ビッグネームが出てきて、僕はまた何も言えなくなる。

「縦島の家はね、秀吉に天草の孤島を貰って、代々そこで祓魔を続けてきたの。キリスト教の弾圧が激化したり、鎖国が始まっても特別に外国との交流を許可されて、世界の宗教を取り入ながら唯一《ゆいいつ》無二の祓魔術を確立させた。だから日本神道とバチカンのトップから可愛《かわい》がられてるってわけ」

凄《すさ》まじい話だが腑《ふ》に落ちた。家とか血筋と言われた方が、彼女の圧倒的な特異さに納得がいく。

「あぁ……だから、こんなに色々な国の道具を使うんだね……」

「そ。悪魔に国籍は無いから。世界中のエクソシズムをハイブリッドさせてるの」

悪魔の性質は千差万別だと言っていたし、土地や由縁によって対処法も様々なのだろう。悪魔の声を聞き取れることに加えて、それも彼女の強さの所以《ゆえん》なんだと思う。

「じゃあ、他にも縦島家の人はたくさんいるの？」

聞くと、ひとでちゃんは僅《わず》かに視線を落とした。

「んーん。私だけ」

私だけ？　両親がいるのに、どうしてそんな言い方をするのだろうか。気になるが、踏み込んじゃいけない気がする。彼女の横顔に、一抹の寂しさを感じた。

僕が黙り込むと、ひとでちゃんも静かになった。銀の杭を丁寧に磨き、確認しながらリュックへ戻していく。全てをしまい終えると、計ったような間でドアが開いた。

最初に登校してきたのは脇だった。

「今日って何、取り調べってこと？」

脇は僕に見向きもせずに、ひとでちゃんに話しかけた。

「うん。そうみたい……」

彼女の声は震えている。どう見ても、怖がっている気弱な女子にしか見えない。

その後次々とクラスメイトが登校してきて、ひとでちゃんは挨拶《あいさつ》を交わしていった。

その度に彼女はか細い声を出し、潤《うる》ませた目を見せる。

よくこんな芝居ができるものだ。僕は感心しながら身を震わせていた。

クラスの全員が揃うと、若宮が入ってきた。さすがにいつものような快活さは無い。

「全員来てるか？」

そう言われて、僕は大事なことを思い出した。葵が保健室で寝たままだったのだ。

何も言わずに教室を出て走る。

余計なことをするなと言われたけど、動かずにいられなかった。葵を学校から逃がしさえすれば、もう危険な目に遭わせないですむからだ。

保健室に行くと、向かいのトイレから葵が出てきた。

「だ、大丈夫？」

「うん……なんか調子悪くて。貧血かな」

葵は青白い顔で答えた。

「家に帰った方がいいよ。すぐに学校を出て」

腕を引っ張ると、トイレのドアが開いた。

「どうして。ダメだよ帰ったら」

出てきたのはひとでちゃんだった。葵の背後から、僕を睨みつけてくる。

「うん、まぁ、大丈夫だよ。けっこう寝ちゃったみたいだし」

何も知らない葵は教室へ向かう。ひとでちゃんは僕を一瞥《いちべつ》し、彼女に付き添った。

「よし、これであとは三ツ橋だけか」

教室に戻ると若宮が言った。

いや違う。これで全員が揃っている。三ツ橋はもういないのだ。

ひとでちゃんは何も言わない。僕らが静かに席に着くと、橅さんが入ってきた。

「あぁ、どうも。あと一人で全員揃いますので、もう始めちゃっていいかと思います」

若宮が言うと、橅さんはジュラルミンケースを教卓に置き、警察手帳を見せた。

「警察庁警備局公安課の縦島と申します」

その名に反応し、数人がひとでちゃんを見た。だが橅さんは構わずに続ける。

「三ツ橋恭介くんは、今朝亡《な》くなりました」

全員の肩がビクッと動く。若宮だけが声を出した。

「え？　いや、え、ど、どういうことですか」

「申し上げた通りです。これから話すことを、どうか落ち着いて聞いて下さい」

焦《あせ》った様子の一同に、樵さんは話し始めた。

「皆さんもご存知の通り、二月二日に一條毅くんが亡くなりました。三日には仁志渉くんが亡くなり、四日には海老原咲良さんが亡くなりました」

全員黙って聞いている。事の重さに押し潰されそうなのは僕だけじゃないようだ。

「五日に鷹守清史郎くんが亡くなり、そして今日、三ッ橋恭介くんが亡くなりました」

「どうして……」

玉井が声を漏らす。

「当然の疑問ですね。こんなことが偶然なはずはない。皆さんもそう思いますよね？」

樵さんの問いに、反応する者はいない。彼は能面のような顔を崩さずに言った。

「そうです。これは事故でも自殺でもありません。人間ではないものによる殺戮《さつりく》です」

「は？」

誰かが声を出した。

「冗談でしょ……？」

クラスがざわめき出す。

「残念ながら事実です。そしてあなた方は今、その標的になっています」

ざわめきが消えた。ピンと張り詰めた空気が、目に見えるように感じる。

「生き延びる為に、力を貸して下さい」

「いや、ちょ、ちょっと待って下さい」

若宮が歩み寄る。

「時間がありません。黙っていて下さい」

橅さんが真顔を向けると、若宮は足を止めた。

「難しいことではありません。私からのお願いは一つだけ、この教室から出ないでほしいということだけです」

橅さんはそう言いながら、ポケットから白い束を出した。ひとでちゃんの呪符だ。それを五枚、黒板に等間隔に貼っていく。

さっき、図書室のドアにも白い呪符が貼られていた。おそらく黒は人間向けで、白は悪魔向けなのだろう。渦女をこの教室に入れないようにしているのだ。

「誰か貼るのを手伝って頂けますか？」

橅さんが振り向くが、誰も反応しない。すると彼は僕を見た。

「手伝ってくれる？」

ひとでちゃんをチラッと見ると、不安げな顔を作ったままだ。僕は無言で立ち上がり、呪符の束を受け取った。指示に従い、校庭側の窓とベランダへ出るドア、さらに廊下側と後ろの壁にも等間隔で貼っていく。

　橅さんはジュラルミンケースからシルバーの細いボンベを出した。長い腕を上に伸ばし、机と机の間を移動しながら天井に何かを吹き付けていく。無色透明の液体のようだ。アルコールに似た不穏な匂《にお》いが教室内に充満していく。

　誰も何も話さない。僕が呪符を貼り終えると、ちょうど橅さんも作業を終えた。

「てか、なんなんですか、人間じゃないものって、霊的な何かってことですか？」

　花田が聞くと、橅さんはボンベをしまいながら答えた。

「霊よりもずっと邪《よこしま》なものです。私たちは今、この地に古くから住んでいた渦女という名の悪魔に狙われています」

　宇佐見が鞄を持って立ち上がる。

「いや、それがほんとなら、逃げたいんですけど。何なんすか、全然信じられないし」

「この呪符は渦女を入れない為の物です。私たちは簡単に開けることができますが」

　橅さんはそう言って、ドアを開けて見せる。

「出たら死にますよ。おそらく数分後に。試したければ、どうぞ」

　レディーファーストのような仕草で、手のひらを廊下へ向けた。

　宇佐見は無言で席につく。橅さんは微笑んでドアを閉めた。

「素直で良いと思います」

「なんでだよ……なんで繋がんねぇんだよ」

今度は馬場が声を上げた。焦った様子でスマホをいじっている。それを見て、思い出したように全員がスマホを出した。一斉に電話をかけるが、誰も繋がらない。

「妨害電波を流しています。ちなみに校舎には皆さんの他、誰一人おられません」

電波が無いことで急にリアリティを感じたようだ。全員の顔が蒼白《そうはく》になっていく。

「では私はこれで。あとはひとでにお任せします」

撫さんはそう言って廊下へ出ると、ドアの外側にも呪符を貼って立ち去った。全員の視線が一斉に、ひとでちゃんへと移動する。

「は？　どういうことだよ」

脇が立ち上がる。ひとでちゃんは鋭い眼光を返し、スッと指を立てた。静かにしろという仕草だ。まるで別人のような彼女を見て、脇も、他の人も黙り込む。

ひとでちゃんは教室の真ん中へ行くと、小声でお経のようなものを唱え始めた。マッチを出して火を点《つ》け、宙に放る。

閃光《せんこう》のような火が上がり、ぶわっと熱風が押し寄せた。

熱は瞬時に引いたが、全員が驚き、動揺している。

天井を見上げると、青い炎が五芒星を作っていた。

「今から一人、クラスみんなの為に死んでもらいます」

黒板の前でひとでちゃんが言った。

全員、言葉を失っていた。

撫さんが出ていってから数分で、ひとでちゃんは事の次第を端的に伝えた。

自分が世界でも最高位のエクソシストで、国から依頼を受けて転校してきたこと。

警察庁の公安にいる撫さんがそれを補佐する父親だということ。

鷹守が一條たちに復讐《ふくしゅう》を思い立ち、渦女の封印を解いたこと。

僕が鷹守の行動に気づいて三ツ橋の石を捨て、代わりに海老原が殺されたこと。

鷹守の怨念《おんねん》が原因で、このクラスが標的になっていること。

第一計画として鷹守を生贄《いけにえ》にしたが、渦女は退《ひ》かなかったこと。

そして、ついさっきの図書室での出来事も話した。

時折向けられる視線が痛い。

改めて整理をすると、何もかも自分が悪い気がしてきた。けれどひとでちゃんは僕を責めるような言い方はせず、事実だけを淡々と話した。初めの方こそ疑いの声が上がったが、すぐに静かになった。

ひとでちゃんの言葉には強い信念が窺《うかが》えるし、その顔や声は全員を黙らせる説得力と威圧感を兼ね備えていた。

「安心して。結界を張ったので時間には少し余裕があるから」

そう言われて、全員が天井を見上げた。大きな五芒星の焦げ跡がそこにある。

「ということで、これから生贄を選びます」

ひとでちゃんが言い放つと、久しぶりに若宮が口を開いた。

「それって、縦島が決めるってことなのか……？」

「そう。その為に私はみんなのことを調べてた。罪の重さを測っていたけど、直接聞かないとフェアじゃないこともあるでしょ？」

「調べてた……？　何をだよ？」

宇佐見が聞くと、ひとでちゃんは席と席の間を歩き出した。

「宇佐見良平。みずがめ座、Ａ型、五人家族の次男。幼い頃からバスケットに打ち込んでいたけど、中体連の一回戦で強豪校に惨敗《ざんぱい》。その苛立《いらだ》ちを発散させる為に本屋で万引きを繰り返し、中三の秋に捕まって退学処分を受けそうになる。けれど親がお金を積んでどうにか高等部に進学。それからは部活に所属せず、塾に通って勉強に励んでる。でも成績はたいして上がらない。自分の能力に限界を感じつつ、成績優秀な鷹守に憧《あこが》れを持っていた。そんな彼にコンプレックスを抱えなかったのは、自分の恋を応援してくれてたから。恋の相手は美園レイラ。中等部の入学式で一目《ひとめ》惚《ぼ》れをして、年に一度は告白しているが叶《かな》わず、それでもまだ諦《あきら》めていない」

宇佐見は何も言わない。唇を噛《か》みながら、必死に震えを抑えようとしている。

「それからストレスを感じると唇を噛む癖があって、リップクリームを手離さない」

ひとでちゃんが付け足すと、宇佐見は黙って目を伏せた。

誰も何も喋《しゃべ》らない。誰もが昨日の僕と同じように、ひとでちゃんを恐れている。

「付き合ってらんない」

沈黙を破ったのは花田だった。

「黙って聞いてたけど、ありえないことばっかだし。悪魔？　渦女？　何それ。本当に私たちは危ないの？　いつもと何も変わらないし」

花田は立ち上がり、窓の外を見た。ベランダの向こうには、穏やかな青空と常緑樹の緑が広がっている。いつも通りの風景だ。

「俺も完全に同意。馬鹿《ばか》にしてんだろ」

窓際《まどぎわ》の脇が立ち上がった。

「黙って従って。あなたたちの為なの」

ひとでちゃんが言い返すと、花田は鞄《かばん》を持って後ろのドアへ向かった。

「私は帰る」

「待ちなさい」

ひとでちゃんが駆け寄り、腕を摑む。花田はすぐにその手を払った。

「離して」

「離さない」

互いに腕を摑み、取っ組み合いになる。ひとでちゃんが呪符《じゅふ》を出そうとすると、花田はその手首を捻《ひね》って壁に押し付けた。袖《そで》が捲《めく》れ上がり、全員の視線が集まる。

ひとでちゃんの手首には、大きな放射状の傷痕《きずあと》があった。何かで刺された痕のようで、目を覆《おお》いたくなるほど痛々しい。

「自分で付けたのか？　おまえ病んでんだろ。アホらし」

脇が笑いながら言った。鞄を持ち、ベランダのドアに手を掛ける。

「誰か止めて！」

ひとでちゃんが叫ぶ。

僕は咄嗟に走ったが間に合わない。脇はドアを開けてベランダに出た。追い駆けて鞄を摑むが、すぐに振り払われる。と、もう一方の手を摑まれた。ひとでちゃんだ。僕を引っ張って教室に戻すと、彼女はすぐにドアを閉めた。

ガタガタガタと音がする。空気が震え、窓が揺れている。

ベランダの端を見ると、隣の教室へ移ろうとしていた脇が足を止め、空を見ていた。

黒い何かが視界を横切り、轟音《ごうおん》が立つ。

一條の時と同じだ。全員が息を止めながら、ただそれを見つめる。

脇の首が切れ、ぼろんと頭が転がり落ちる。

切断したのは、どこからか飛んできたトタン板だった。

みんなにはそう見えているだろう。だが僕は違う。

鋭利なトタンを使って首を切ったのは、渦女だ。

ぐるぐると目を渦巻かせながら、脇の体に纏わり付いていく。

その体はまだ動いている。渦女から逃れるようによろよろ進み、血塗れになった両手を窓に貼り付ける。助けを求めているように見えるが、首から上には何も無い。

誰かが嗚咽《おえつ》した。

堰《せき》を切ったように無数の悲鳴が上がる。全員がパニックになり、廊下側へと逃げ惑う。

「動かないで！」

ひとでちゃんが声を上げる。

「絶対に開けないで」

ドアに手を掛けていた馬場が、無言で手を離した。教室がぴたりと静まり返る。

「ここにいれば大丈夫だから。全員、落ち着いて席に戻って」

まず美園が動いた。ツカツカと窓辺に行き、カーテンを閉める。こんな時でも冷静でさすがだと思う。それを見て、全員が静かに動き出した。呼吸を整えながら席に着く。

「これで信じてくれた？」

ひとでちゃんの言葉に、誰も返事をしない。花田も席に戻り、体を震わせている。

ドサッという音が響き、全員に戦慄《せんりつ》が走る。カーテンのおかげで見えないが、脇の体が崩れ落ちたのだろう。おぞましい光景が目に浮かぶ。

「じゃあ立候補者を募ります。誰か、みんなの為に死んでもいいって人はいる？」

まるで学級委員を決める時のような口ぶりで、ひとでちゃんが言った。

当然名乗り出る者はいない。全員が口をつぐみ、顔を硬直させている。

「じゃあ質問を変える。推薦者はいる？」

ひとでちゃんが恐ろしい。心底そう思った。

誰も何も言わない。時間が止まったかのように静かだ。

スッと伸びる長い手が見える。

「言い難《にく》いけど……何人か」

美園だった。ひとでちゃんが彼女を見る。

「どうぞ」

「一人は、佐藤……」

美園以外の全員が、こっちを見た。

僕は驚かない。手が上がった時点で、覚悟していたからだ。

「だって、話を聞いたら、今こんな状況になってるのは、佐藤のせいとも言えるかなと思って……」

　美園は目を潤ませている。

「ごめんなさい……佐藤に恨みがあるわけじゃないけど、でも、そういうことで選ぶしか、ないと思って……」

　今にも泣きそうなのは芝居だろう。こんな時でもそんな余裕があるのかと、僕は失望しながら呆《あき》れていた。

「他は？」

　ひとでちゃんが聞いた。反論をしてくれなかったのがすごく悲しい。

「葵さんか、若宮がなるべきだと思う……」

は？　こいつはふざけてるのか。どうして被害者の葵が死ななきゃいけない？　ぶん殴ってやりたくなるが、僕は立ち上がることもできない。

「ちょっ」

　声を上げたのは若宮だった。

「レイラ、待ってくれよ、俺が担任だからか？　確かに俺はみんなを保護しないといけない立場ではあるよ。けど死ななきゃいけない義務なんて」

　美園に詰め寄る若宮を、ひとでちゃんが制する。

「落ち着いて。感情的にならないで」

若宮は不服そうにおし黙った。

「理由を聞かせてくれる？」

ひとでちゃんの問いに、美園はこくりと頷《うなず》いた。

「葵さんの写真がＬＩＮＥにばら撒かれて、みんなでいじったのは悪かったと思う。それはあたしを含めて全員が反省しなきゃいけないと思う。葵さんを恐喝してた一條たちはガチで最低。でもあいつらはもういないから……じゃあ次に悪いのは誰？」

そこで言葉を止めて、みんなを見渡す。

「そもそも、援交をしてた葵さんも、悪いんじゃないかなって」

「いや、葵は援交をしてたわけじゃないし……」

僕は思わず声を上げた。そんな自分に驚くが、それどころじゃない。

「援交だよ。パパ活なんて、言い方の違いだけでしょ？」

「なんでそんな風に言い切れるんだよ……事情も知らないくせに」

葵を助けたい一心で反論すると、ひとでちゃんが言った。

「水色、今は彼女の話を聞いてるの」

冷たい目で諭され、僕は口をつぐむ。

葵を見ると、俯《うつむ》いたまま動かない。反論はしないようだ。

「で、若宮先生の方は？」

ひとでちゃんが聞くと、美園はスマホを握りながら言った。

「葵さんの援交相手だから」

「え？」

まさか。僕が声を上げると、若宮が詰め寄った。

「ちょ、ちょっと待てよ、ふざけんなよ」

「ふざけてないです」

美園はそう言いながら、スマホの画面をみんなに向けた。

葵が脱がされている写真だ。

「一條がＬＩＮＥに上げた写真はトリミングしたものだったの。本当は、ここに」

美園は画面に触れ、写真を横にずらす。と、葵の視線の先に若宮が写っていた。その場所に見覚えがある。美術準備室だ。

ひとでちゃんがそれを見て、付け加えた。

「そう、私もそれを聞こうと思ってたの。若宮先生、あなた一條くんに電子マネーを送金してたでしょ」

若宮は何も答えない。その体が小刻みに震えている。

「彼に脅されて、口止め料を払ってたんでしょ？」

「ち、違うんだ、誤解だ、援交なんかじゃない」

若宮が美園のスマホを奪おうとする。ひとでちゃんがすかさず割り込み、それを奪い取った。若宮は焦って声を荒らげる。

「み、見てくれよちゃんと！　モデルだよ、デッサンモデルを頼んだだけだ！」

確かに、写真の中の若宮は普通にシャツを着たままだ。右手に鉛筆を持っているし、横にキャンバスも見える。

「最低。デッサンの為だろうがなんだろうが、制服脱がせてるし」

花田が言った。

「な、何言ってんだよ、芸術だよ芸術、ヌードデッサンなんて普通のことなんだぞ？　美大とか専門学校でも必ずそういう授業はあるんだよ」

「教え子を脱がせるのが普通なの？　未成年だし。犯罪でしょ？」

美園が言うと、誰かが呟《つぶや》いた。

「気持ち悪っ」

「てか一條に金を払ってたんだろ？　やましいからってことだろうが」

宇佐見が責め立てる。

「いや、まぁ、それはそうだ。一條に脅されて、大事《おおごと》にされたくないと思って金を払った。でも本当に変な意味は無かったんだ！　信じてくれ！　葵はお母さんが病気で、お金に苦労してた。このままだと学費も払えなくなるって、相談してきたんだ。でも俺は、葵が勉強を人一倍頑張ってるのを知ってたし、どうにか卒業させてやりたかった。それで……」

若宮は言葉を止めて、俯いた。

「それで？」

ひとでちゃんが聞く。

「それで……モデルのバイトをさせてもらえないかって相談されたから、俺もつい……葵の助けにもなるし、俺の練習にもなるし、一石二鳥だと思ったんだ」

「本当？」

「本当だ！」

「違う。若宮先生に聞いてない」

ひとでちゃんは葵を見ていた。

「葵さん。本当に、ただモデルをやっただけ？」

ひとでちゃんが歩み寄ると、葵はやっと話し出した。

「私が、先生に学費のことを相談してて、それからバイトの相談をして、モデルのバイトとかありませんかって聞いたのは、本当です」

「聞いたのは、本当。ってことは、本当じゃないことがあるの？」

「ヌードモデルというつもりは、ありませんでした……」

「は？　いや、嘘だろ、そんな」

若宮が声を上げる。

「あなたは黙ってて」

ひとでちゃんが遮ると、葵が続けた。

「制服を着たままで、一時間で五千円を払うって先生に言われて……でも、始めてみたら、ブレザーを脱いでって言われて、それに従ったら、今度はシャツのボタンを外してって……それは無理ですって断ったら、一万円出すからって……」

「最低っ……」

女子の誰かが言った。全員が気色悪いものを見るように、若宮を見る。

「嘘だ……！　違うだろ！」

若宮が叫んだ。

「くそっ、おまえの為に黙ってたのに……いいよもう、全部言ってやるよ。こいつが、葵が言ってきたんだよ。脱ぐので、時給を倍にしてもらえませんかって」

全員が葵を見ると、彼女はキッと若宮を睨んだ。

「嘘」

「嘘はおまえだろ！　頼むよ、本当のことを言ってくれよ！」

若宮は切々と自分の弁護を始めた。葵はそれに対して嘘としか返さない。

どちらかが嘘をついている。真偽はわからないが、全員が若宮を疑っていた。当然、ひとでちゃんもそうに決まっている。

葵は大丈夫だ。僕はそう信じ、ずっと黙っていた。

すると若宮がスマホの写真を見せた。奥さんが小さな息子を抱いている。

「なぁ、みんなも知ってるだろ？　俺には愛する嫁と息子がいるんだ。そんなセクハラまがいなことは絶対しないと神に誓える。この子に誓って、そんなことはしない」

若宮は涙目だった。論理で説得できないから、情に訴えかけてきたのだ。そんなことでごまかされるほど、僕らは馬鹿でも純粋でもない。

そう思っていたが、鼻をすする音が聞こえた。

玉井が泣いていた。

甘かった。まずい。彼女の涙で、空気が変わったような気がする。

「頼む。信じてくれ……」

若宮は家族の写真を見ながら後ずさりした。脇の席に腰掛けて、涙を拭《ぬぐ》う。

「じゃあ、他に推薦者はいる？」

ひとでちゃんが仕切り直すように言った。

誰も手を上げない。当然だろう。みんな自分の命が惜しいのだ。

若宮か葵か、それとも僕か。

その誰かが生贄になるという流れに、波風を立てようとする奴《やつ》はいない。

葵と僕を生贄から遠ざける為に、何か手はないだろうか。

僕は焦りながら頭を巡らせた。誰かもっとふさわしい奴はいないだろうか。考え続けたが、人の命を無理に貶《おとし》めるようなことはできないと思った。

葵のフォローをすることもできなかった。逆効果になるのが目に見えているからだ。

「わかった。じゃあ生贄を決めました」

ひとでちゃんがそう言うと、クラスに緊張が走った。

「美園さん。悪いけどクラスの為に死んでちょうだい」

全員が目を見開いた。

「は？　何言ってんの？」

美園が声を上げる。

「そ、そうだよ、葵か若宮か水色っていう流れじゃねーのかよ！」

宇佐見が立ち上がる。

「私は推薦者を聞いただけで、推薦された人を選ぶとは一言も言ってない」

ひとでちゃんは冷静に答えた。

「で。なんであたしなのよ」

美園が聞く。平静を装《よそお》っているが、目には焦りの色が浮かんでいる。

「美園さんって洋服も靴も鞄も化粧品も、全部高級品よね。昨日は国分町のクラブで踊ってたし、浪費が激しいように見えるけど、そのお金はどうしてるの？」

「は？　べつに、こんなこと言いたくないけど、家が裕福なだけだし」

美園がそう言うと、ひとでちゃんは教卓に凭《もた》れかかりながら話し出した。

「美園レイラ。おひつじ座、O型、一人っ子。IT企業を経営する父と元モデルの母の間に生まれ、恵まれたルックスとスタイル、それから地頭の良さにも揺るぎない自信を持っている。小学生の頃から常にスクールカーストの頂点に立ち、友達を見下してきた。けど数日前に、自分よりも美人で可愛く、かつ愛嬌《あいきょう》もある転校生が現れて、プライドは崩壊寸前」

「は？　それ自分のこと？　馬鹿じゃないの、そんなわけないし」

美園が口を挟むと、「それは冗談」とひとでちゃんは笑った。

「何事にも完璧《かんぺき》なレイラは、絶対に失敗しない人生を送ることを目標に生きてきた。が、去年の夏に父親の会社が倒産。多額の負債を背負い、母親は人目を忍ぶように国分町で働き始めた。お小遣いがなくなってしまい、それでも服やコスメ、美容院代やクラブで遊ぶお金は削ることができない。困ったレイラは寄ってくる男たちに貢《みつ》がせ始めた。お金の為に体を売るようなことは決してせずに、言葉巧みに男たちをたぶらかし、一條毅からも金を受け取っていた」

美園がハッとして、視線を落とした。

一條が美園に？　そんなことは初めて聞いたが、あり得ない話ではない。あいつも宇佐見と同じで、ずっと美園に言い寄っていた。

　ひとでちゃんは彼女の顔を見ながら続ける。

「私は電子マネーとか最近のアプリには疎《うと》いけど、全部樵さんが調べてるのよ。一條は去年の十一月から、あなたに送金を繰り返してる」

「だから何よ……貢がせてるって、べつに男たちが寄ってくるだけで、一條もその一人だっただけだし。あたしは誰かみたいに援交してるわけじゃない。犯罪でもないし、なんでそんなことで生贄に選ばれなきゃいけないのよ」

　美園はきっぱりと言う。倫理的にどうかとは思うが、筋は通っている。

「そうかな。私は援交をするのも、援交をさせるのも罪だと思うけど」

「は？」

「この葵さんの写真、あなたはどうしてトリミングされる前のものを持ってるの？」

　美園は何も答えない。

「理由は簡単。あの写真を盗撮したのは、あなただから」

　全員が美園を見た。間髪を容《い》れずにひとでちゃんは続ける。

「あなたはあの写真を盗撮して、一條にこんな風に持ちかけた。これで若宮と葵を脅して、二人から金を巻き上げようよ、って。利口なあなたは自分の手を汚さずに一條、仁志、三ツ橋の三人を動かした。葵さんにパパ活をさせて相手を脅し、大金を巻き上げて彼らと折半した。ガチで最低だよね」

「嘘《うそ》でしょ……？」

花田が言った。美園は口をつぐんでいる。本当だと白状しているようなものだ。

「それから、先生と葵さんの密会を盗撮したのも、たまたまじゃないんじゃない？　あなたは若宮先生に、モデルにならないかと何度か誘われていた。だから葵さんがモデルをやっていることに気づいたんでしょ？」

ひとでちゃんがそう言うと、若宮がぼそりと言った。

「デッサンモデルを頼んだだけだよ……断られたし、レイラには何もしてない」

「そ」

ひとでちゃんが頷くと、美園はやっと口を開いた。

「そう……。あたしが撮影したのはその通りよ……」

美園は顔を上げた。目が涙で滲《にじ》んでいる。

「でも恐喝しようって持ちかけたのはあたしじゃない！　たまたま一條にあの写真を見せたら、あいつが言い出したの！　そしたら仁志と三ツ橋がノリノリになって……あたしは怖かった。やめた方がいいんじゃないかって言ったけど、悪いのは葵と変態たちだって、俺たちは悪人から金をせしめるだけだって言うから……」

　全部嘘だ。嘘に決まってる。真相はひとでちゃんでもわからないだろうと思って、死んだ一條たちに罪をなすりつけているのだ。つくづくズル賢い奴だと思う。

　みんなはどう思っているだろうか。周りを見回すが、僕には全くわからない。

「ごめんなさい……。一條からお金を貰っていたことについては、謝る。でも、だからって、生贄に選ばれるほどの罪なの？　みんなもそう思う？」

　美園が立ち上がって訴えかける。

「そうだよ……死ぬほどのことじゃないよ」

　花田が呟く。

「うん……悪いことをしてたのは、若宮も葵さんも一緒じゃない……？」

　玉井が援護すると、ひとでちゃんが言った。

「そうね。正直、恐喝行為を一條くんが言い出したのか、美園さんが言い出したのか、真相は私にはわからない。葵さんのシャツを先生が脱がせたのか、葵さんが自ら脱いだのか。それもわからない。だからもう、私が独断で決めるしかないのよ」

　すると美園が言った。

「それなら、あたしはわかる」

「わかる？」

「盗撮したのはあたしなのよ。あの時の会話を聞いてたから」

美園の言葉には、自信が漲《みなぎ》っていた。

みんなの視線が、若宮と葵に集まる。

「どっちが嘘をついてるの？」

花田が聞くと、美園は小声で言った。

「シャツを脱いだら、もっと時給を上げてもらえますか？　って。葵さんが、そう言ったのを聞いた」

「う、嘘だ！」

僕は立ち上がった。

「嘘じゃない」

「そんなの、自分が逃れたいから葵を追い詰めようとしてるだけでしょ？」

「違う。そんな嘘をついて、この人をごまかせると思う？」

美園はそう言って、ひとでちゃんを見た。その通りだ。僕は反論できない。

「いいよ、水色」

葵が静かな声を出した。

「美園さんは嘘をついてない。私から言ったの」

僕は耳を疑った。ショックだった。

葵がそんなことを言うなんて。若宮から言い出したと嘘をついたことも信じられない。どうしよう。どうすればいい？　どうにかして葵を弁護しないと。葵が生贄になってしまう。逡巡《しゅんじゅん》していると、ひとでちゃんが言った。

「それでも私は考えを変えるつもりは無いから。生贄は美園さん、あなたで決まり」

「は？」

宇佐見と花田が同時に声を上げた。

「なんで……どうしてよ！」

美園が叫ぶと、ひとでちゃんはさらりと言った。

「推薦者を聞いたのは、推薦される人を知りたかったわけじゃない。推薦する人を知りたかったのよ」

「何よそれ、どうゆうことよ！」

「人の命を平気で売れる人間。私はそういう人間を知りたかったってこと」

「は？　何言ってるのよ……」

「言ってる意味がわからない？　あなた、利口なくせに馬鹿なのね」

ひとでちゃんは口角を上げて、微《かす》かに笑った。

「最低。それって、はめたってことでしょ？　あたしだって推薦したくて言ったわけじゃないのに、酷《ひど》すぎる！　今、笑ったよね、あんたそれでも人間なの？　仲良くなるふりして、最初からあたしを目の敵にしてたでしょ。わかってんのよ？　ただあたしが憎いだけでしょ？　生贄にしたいだけなんでしょ？　だったらそう言いなさいよ！」

美園が詰め寄るが、ひとでちゃんは引かない。

「そ。私はあなたが好きじゃない。ただそれだけ」

美園は啞《あ》然《ぜん》とした。

「正直、罪の重さなんて五十歩百歩なのよ。巡り合わせや家庭環境、運にも左右されるし。いくら調べても全《すべ》てを見通すことはできない。結局は私の主観で選ぶことになる」

「独裁者よ！　あんたこそ悪魔よ！」

美園は喚《わめ》き散らす。だがひとでちゃんは動じない。

「私が酷い人間なのは承知してる。でもしょうがないの。ひとでなしだから」

「最低ね。あんたが生贄になりなさいよ！」

「それは無理。私が死んだら、ここにいる全員、確実に喰い殺されるわよ？」

そう返されて、美園は黙り込んだ。

「だからって、勝手に選ぶ権利なんてないだろうが」

宇佐見が反論する。と、ひとでちゃんは右腕の袖を捲った。

「さっきこれを見たでしょ？　私は職務を全うする為《ため》に命を懸けてるのよ」

痛々しい放射状の傷痕が見えると、今度は左袖を捲り上げる。そこには全く同じ傷痕があった。

「これは杭《くい》を打たれたの。磔《はりつけ》にされて死にかけた。両脚と胸の下にはもっとエグイのがあるけど、それも見たい？」

宇佐見は視線を落とし、口をつぐんだ。

「私にはね、悪魔に狙《ねら》われた憐《あわ》れな人間たちを救う責務があるの。私はこんな所で死ねないのよ」

死ねない。その通りだと思った。

死にたくても死ねない。それが彼女の本音なんだ。

「可哀想《かわいそう》だけど諦めて。あの世はあなたが思うほど悪い場所じゃないから。たぶんね」

ひとでちゃんが美園の手を取ると、彼女はその体を突き飛ばした。

「やだ、無理……死にたくない……誰か、誰か助けて！」

後ろの方へ逃げ、机の陰に屈《かが》み込む。

「誰か、美園さんを押さえてくれる？」

ひとでちゃんが言うが、誰も動かない。みんな自分が加害者になりたくないのだ。

その時、ぐらりと教室が揺れた。

ドアの向こうに、真っ黒い影が見える。

渦女だ。窓にぴたりと顔を貼《は》り付けている。

呪符があるので入れないのだろう。窓と壁がガタガタと音を立て、徐々に激しさを増していく。地震がきたかのように床が揺れる。

ひとでちゃんは僕の視線を確認すると、その先に行ってお経を唱え始めた。

「陰陽安涅真改亜是衆渦女ノ神居常神色自若羯諦羯諦波羅僧羯諦菩提薩婆訶鎮まり賜え鎮まり賜え午ノ刻御霊へ最上の贄を奉り候午ノ刻御霊へ最上の贄を奉り候陰陽安涅真改亜是衆渦女ノ神居常神色自若羯諦羯諦波羅羯諦波羅僧羯諦菩提薩婆訶」

ドアの前に跪《ひざまず》き、言葉を繰り返す。

しばらくすると揺れが収まった。渦女の姿が見えなくなる。

教室も静かになった。悪魔《あくま》祓《ばら》いを目《ま》の当たりにして、全員が息を呑《の》んでいる。

ひとでちゃんが黒い呪符を出して歩み寄ると、美園は悲鳴を上げながら逃げた。

「誰か手伝って。捕まえて」

ひとでちゃんが声を上げるが、やはり誰も動かない。

「全員死ぬよ？」

その言葉で数人の男子が立ち上がった。馬場と平尾《ひらお》、菊地《きくち》が美園に迫る。

「やだ……やめて……!!　お願い！　何でもするから!!」

美園は必死に逃げ惑うが、三人が取り囲む。街に出没した野生動物を捕まえるようにじわじわと追い詰める。馬場が美園の腕を摑《つか》むと、彼女は泣きながら抵抗した。

「やめて!! お願い!! 死にたくない!! やめて……!!」

馬場たちは離さない。暴れる美園を力ずくで押え込み、ひとでちゃんが近づいていく。

「悪く思わないで。みんなの為なの」

美園は叫ぶ。言葉にもならない声で喚く。顔をくしゃくしゃに歪《ゆが》めて泣き叫ぶ。

ひとでちゃんが額に呪符を貼ろうとした時、その手が止まった。

「待って。頼むから待って」

白い腕を、宇佐見が摑んでいた。真剣な目でひとでちゃんを見つめる。

馬場が美園から体を離す。その手が濡《ぬ》れていた。

彼女は体を震わせながら、失禁していた。

鼻をすする音が聞こえる。誰かが泣いている。

「みんな、本当にこれでいいと思ってるか……?」

声を震わせながら宇佐見が言った。応《こた》える者はいない。けれど全員が美園に同情しているように見えた。

それは彼女が殺されることに対してだけじゃない。そんな気がした。

頭が良く、美人でお洒落《しゃれ》で憧れの的。常にクラスの中心にいた美園が、みんなの真ん中でおしっこを漏らしているのだ。それがとてつもなく憐れだった。

玉井が自分のコートを取って、美園に掛けてあげる。震える彼女の手を握り、抱きしめるように身を起こす。

「俺は反対だよ。おかしいよ。縦島が勝手に決めるなんて……みんなもそう思うだろ？　思ってるけど、怖くて言い出せないだけだろ？」

宇佐見が呼びかけた。本気で美園のことを好きなんだろう。自分の身を危険に晒《さら》してまで彼女を守ろうとしているのだ。正直、凄《すご》いと思った。

「なぁみんな、怯《おび》えちゃダメだよ。意見があったら言おうよ。全員の意見を集約させて決めるべきじゃないか？」

「そうだよね……私もそう思う」

玉井が言った。それに花田が続く。

「うん。民主主義なんだから……ちゃんとみんなの意見で決めるべきかもしれない」

「みんなの意見？　何もわかっていないようね。私は選んであげるのよ」

視線がひとでちゃんに集まる。

「この件が片付けば、私たちはあなたたち全員の記憶を消去する。嫌なことは綺麗《きれい》さっぱり忘れさせてあげる」

驚いた。そんなこともできるのか。

「でもね、稀《まれ》に思い出してしまう人がいる。記憶を消しても、心に負った傷は消せないの。理由もわからずトラウマに苦しむ人間もいる。だから生贄は私が決めてあげるのよ。

自分が選んだ相手が死ぬ。その重さは、誰かに傷をつけられるよりもずっと重い。あなたたちくらいの年齢なら、それくらいのことは理解できるでしょ？」

　本当に同い歳《どし》なのだろうか。彼女の思考の深さが垣間見えた。

　けど宇佐見は引かない。

「いいよ。それでもいい。俺は自分の意思で選びたい」

「宇佐見くん、あなたはただ彼女が好きなだけでしょ？」

「そうだよ。それが悪いか？　おまえだって主観で選ぶんだろ？」

　宇佐見はすぐに返した。珍しく、ひとでちゃんは黙ってその顔を見る。

　今この場で彼女に楯突くことがどういうことなのか。宇佐見はわかっているだろう。

　そしてひとでちゃんも、その覚悟を理解しているんだと思う。

「なぁみんな、自分の命のことなんだから、自分たちで決めるべきだと思わないか？」

「俺も、そう思う……」

　立ち上がったのは飛野だった。

　それにつられるように、続々と賛同の声が上がる。

　意外だった。みんな美園を持ち上げていても、内心では妬《ねた》んでいると思っていた。でもどうだろうか。美園は彼女なりの正義で、みんなから信望を集めていたようだ。彼女は本当にクラスの人気者だったのかもしれない。

「先生は？」

ひとでちゃんが聞くと、若宮は目を泳がせながら言った。

「宇佐見の、言う通りだと思う……」

本音は自分が助かる為に、美園でいいと思っているはずだ。けれどこの場でそんなことを言えば、一斉に非難を浴びるのは目に見えている。賢明な判断だ。

「葵さんは？」

ひとでちゃんの問いに、葵はすぐに返した。

「みんなの意見に従います」

「水色はどう思う？」

「僕も、みんなの意見に従うよ」

しかたなくそう答えると、ひとでちゃんは頷いた。

「わかった。じゃあ投票で決めることにします。先生、適当な紙を配ってくれる？」

「あ、あぁ」

若宮が棚から小さな紙を出して配り始める。その間にひとでちゃんが説明した。

「一人一票、フルネームで書くこと。無記名でいいけど白紙は無し。ズルした者がいたらその人を生贄にする。何か言いたいことがある人はいる？」

みんなは顔を見合わせる。発言する者はいない。

「安心して。私も一票を入れるだけ。投票結果に従うから、気を遣わないでいいよ。質問でも推薦でも自己弁護でも、何かあれば簡潔に言って」

　ひとでちゃんがそう言うと、馬場が手を上げた。

「縦島は、なんで水色だけ呼び捨てなの。しかも名前で」

　鋭い指摘だった。

「さっきも話した通り、彼とは色々あったから。他意は無いよ」

「随分仲がいいんだな」

　誰かの呟きが聞こえた。

「ちょっと思ったんだけど」

　花田が立ち上がる。

「佐藤さぁ、なんで鷹守の行動に気づいたの？」

　僕はドキッとした。

「こないだ図書室で鷹守と話してたから、珍しいなぁと思ったんだよね。あんた、最初からあいつの企《たくら》みを知ってたんじゃないの？」

「え？　い、いや、そんなの知らないよ、怪しいと思って話を聞こうとしてただけで」

「だから、なんで怪しいと思ったんだよ」

　馬場が睨《にら》んでくる。僕は答えられない。

体育館の用具室に女の子の霊がいたと言って、虐《いじ》められ出した記憶が蘇《よみがえ》る。

鷹守を怪しいと思ったきっかけは、渦女が奴を見つめていたからだ。今この状況で悪魔の姿が見えることを言ったら、終わると思った。

「そういえば、ジャンプ台で一條が死んだ時に、葵さんと鷹守と佐藤だけ、逃げずに立ってたよね……」

玉井がぼそりと言う。

「てかさぁ、あんた葵さんのことが好きなんでしょ？　鷹守と一緒だよね」

花田に責められ、僕はさらに動揺する。

「い、いや、そんなことないし」

葵は僕に背を向けたまま動かない。どんな顔をして聞いているのだろうか。こんな時にそんなことを考えてしまう。

「僕は、鷹守の様子を見て怪しいと思っただけだよ。仁志が死んだ時に、鷹守が珍しく遅刻して来たから、おかしいなと思って」

弁明するが、喋れば喋るほどボロが出る気がする。

「俺は水色に投票する」

宇佐見が立ち上がった。恐れていた流れがやってきた。こいつは美園を助けることができれば、それでいいと思ってるに違いない。

「だってこいつ、どう見ても鷹守との共犯じゃね？」

「違う。絶対に違う。信じてほしい」

僕は必死で訴えることしかできない。論理的な弁明は何もできない。

花田が立ち上がる。

「私もそう思う。てか、百歩譲って共犯じゃなかったとしても、なんで鷹守を警察に突き出さなかったのよ。三ツ橋の石を捨てるとかそんなんじゃなくて、もっとちゃんと動いてれば、咲良は死なずに済んだんじゃないの？」

「いや、でも、そんな、警察に言ったからってどうこうできる問題じゃないし」

「でもひとでは警察とつながってんでしょ？　さっきの刑事が親なんでしょ？」

僕は反論できなかった。

「真相は分かんねーけどさぁ。俺も水色に入れさせてもらうわ」

馬場が言う。

「私も……悪いとは思うけど、それが一番……」

玉井はそう言って言葉を濁した。

それが一番なんだと言うのだ。一番理にかなってる？　一番心が痛まない？　そんな想《おも》いがはっきりと伝わってくる。

「水色、何か反論はある？」

ひとでちゃんが聞いてきた。かばってくれるんじゃないかと期待していたけど、そんなものは甘い幻想だった。

「べつに」

もうどうでもいい。そんなに僕を殺したいなら殺せ。

こんな場所で生きていたくもない。死んだらどうなるのかと考えた小学生の時の気持ちが、お腹《なか》の奥の方から込み上げてくる。

「あの、私も一ついいですか」

葵が声を上げた。

「どうぞ」

何を言うのだろうか。死にかけていた僕の心臓が、再び脈を打ち始める。

「私は、美園さんに入れます」

葵は堂々と言い切ると、彼女を見つめた。

「私と先生からお金を取ろうと一條たちに提案したのは、絶対に美園さんだから」

美園は首を横に振るだけだ。何も反論しようとしない。

「証明する方法はないけど、本当はみんなもわかってるでしょ？　私は脅されて初めて男の人とホテルに行った時、怖くなって逃げたの。そしたら一條が、相手の男を脅して大金を毟《むし》り取ったんだよ？　この方法なら私の体を汚さずに、無尽蔵に金を巻き上げられるって言い出して。あの一條がそんなに賢いと思う？」

「ふざけんなよ、そんなのおまえの妄想だろ？」

宇佐見が声を上げる。

「あなたも同じだね。美園さんの言いなり。一條と同じ立場だったら、同じことをしてただろうね」

葵が睨むと、宇佐見が詰め寄った。

「は？　ふざけんじゃねーぞ！　おまえ何様のつもりだ？　だいたいおまえが体なんか売ってなけりゃこんなことにはならなかったんだぞ？　わかってんのか？」

「離れて」

ひとでちゃんが割って入る。宇佐見は身を引きながら叫んだ。

「おまえのせいで六人も死んだんだぞ？　おい、わかってんのか？」

「私のせいじゃない」

「じゃあ誰のせいだよ？」

「死んだのは……」

葵はそう言って、言葉を止めた。

死んだのは渦女のせいだ。そして鷹守のせい。それ以外にはありえない。僕はそう思っていたが、葵の答えは違った。

「死んだのは、死んだ人たちのせい。そう思ってる」

教室が静まり返る。

葵からすればその通りだ。一條たちは最低だし、葵の写真をいじって馬鹿《ばか》にした奴らも同罪だ。けれど今それを口にして、いいのだろうか。僕は怖くなった。

葵は説明を加えることもなく席に着いた。

「美園さん、反論はある？」

ひとでちゃんの問いに、彼女は無言を貫いている。ただ涙目で震えている。

「じゃあ、時間が無いので投票を始めます」

さっきから何度か、ひとでちゃんは午ノ刻と言っていた。おそらく正午に、生贄《いけにえ》を差し出すと約束しているのだろう。時計を見ると、十一時半を回っている。

このままじゃまずい。葵に票が集まってしまう。なりふり構っていられない。僕は拳《こぶし》を握り締めて立ち上がった。

「僕は……若宮先生に入れます」

「なんでだよ、頼むよ……俺には一歳の息子がいるんだよ、頼むよ……」

若宮は半べそをかいたような顔で、懇願してくる。

「どんな理由があっても……葵の制服を脱がしたのは事実だから。大の大人が、それも教師が教え子を脱がすなんて、そんなことあっていいはずがないから。それだけです」

僕は早口で言い切り、席に着いた。

葵を救う為のひと足搔《あが》きだ。彼女は美園を追い詰めようとしたけど、それは難しいと思った。責めるなら若宮しかいないと思ったし、実際、本音でも若宮が許せなかった。

やれることはやった。

僕は紙いっぱいに若宮祐一《ゆういち》と書き、ペンを置いた。

張り詰めすぎた空気が、身を切り裂いてくるかのように痛い。

全員が投票を終えると、最後にひとでちゃんが自分の紙を重ねてシャッフルした。書記役になった花田が黒板の前でチョークを握る。

ひとでちゃんはタメを作ることもなく読み上げ始めた。

「佐藤水色」

最初の一票は僕だった。

覚悟はしていても、やはりしんどい。視界がどんよりと暗くなる。

「葵莉子」

辛い。自分の胸が刺されるように痛む。

「若宮祐一」

暗闇《くらやみ》に僅《わず》かな光が見える。

「佐藤水色」

　二票目が入る。

「葵莉子」

　同じく二票。

「葵莉子」

　まずい。三票目だ。

「佐藤水色」

　共に三票。これはまずい。

「葵莉子」

　四票。まずすぎる。

「美園レイラ」

　今更、希望は見えない。

「若宮祐一」

　二票目だが光明は見えない。

「葵莉子」

　五票。嫌な予感しかしない。

「佐藤水色」

四票。その思いが加速する。

「佐藤水色」

僕も五票。最悪の展開だ。

「美園レイラ」

まだ二票。

「若宮祐一」

これで三票。光が射《さ》す。

「若宮祐一」

四票。まだ希望はある。

「葵莉子」

六票。希望が逃げる。

「若宮祐一」

五票。僕に並ぶ。

「葵莉子」

七票。差を付けられる。

「佐藤水色」

六票。追い駆ける。

「佐藤水色」

七票。葵に並ぶ。

「佐藤水色」

八票。追い抜いた。

「葵莉子」

八票。また並ばれる。

「若宮祐一」

六票。まだわからない。

「若宮祐一」

七票。祈るしかない。

「佐藤水色」

九票。祈りは通じない。

「佐藤水色」

ついに十票。大台に乗ってしまう。

「葵莉子」

九票。足が震えてきた。

「葵莉子」

十票。僕に並んだ。

今この場にいるのは三十三人。残りは四人で、若宮は七票。つまり、残りの全てが若宮に入らない限り、逆転は無い。

「若宮祐一」

祈りが通じた。八票目だ。まだわからない。僅かだが望みはある。

僕は手を合わせてじっと祈る。

「葵莉子」

十一票目が入り、希望が潰《つい》えた。

「佐藤水色」

僕も十一票。目の前が真っ暗になった。

最後の一票がどっちに入るかで、生贄が決まる。どっちに入っても絶望だ。

葵の背中は動かない。

ひとでちゃんが最後の紙をめくる。

動きがスローモーションに見える。

彼女がチラッと僕を見る。

終わった。そう思った。いや、どちらにしても終わるんだ。

ひとでちゃんの唇が動く。

「葵莉子」

無音が響いた。

全員が黒板を見つめている。

花田が、葵の下に最後の棒線を引いた。

「十二票で葵莉子さんに決まり」

ひとでちゃんはあっさりと言った。

葵の背中が動く。振り返って、僕を見た。

言葉が出せなかった。

葵は、ほっとしたような顔をしていた。

なんでそんな顔をするんだ。

こんな結果になったのは、葵が最後に美園へ入れると言ったからだ。

あれで反感を買ったのだ。美園が反論しなかったのも、巧妙な戦略としか思えない。

怒りが湧《わ》いてくる。

許せない。最低だ。みんな最低だ。

「酷いよ。みんなで葵を虐めてたくせに。これでいいと思うの？」

僕は訴えた。

「ひとでちゃん！　ダメだよ！　酷いよ、こんなのは許されない。もう一度最初から」

「諦《あきら》めて。これが結果なの」

強い口調で返された。

「でも、でも！」

「みんなに従うって言ったでしょ？」

その通りだ。その通りだけど。

「いいよ。水色」

葵が言った。

「私、自分に投票したんだ」

「な、なんで！」

葵に詰め寄ると、彼女は僕の目を力強く見つめた。

「わかって」

大丈夫だよとでもいうように、葵は微かに笑った。

わかった。

僕は葵の考えを理解した。

葵は、僕を助けようとしたのだ。あのままだと僕に票が集まるのが自然な流れだった。

その流れを変えたのだ。美園を攻撃して、票が自分に流れるようにしむけたのだ。

なのに僕は、そんなことを考えもしなかった。自分が犠牲になって葵を助けるなんて考えは、頭の片隅にも浮かばなかった。

僕は本当に馬鹿だ。

最低なのはみんなじゃない。僕だ。

突然、教室全体が暗くなる。

床がグラッと傾いた。大きな縦揺れが襲い、全員が悲鳴を上げる。

渦女がいた。窓にべったりと全身を擦《こす》りつけている。

結界が破られようとしているのだろうか。メリメリッと窓が軋《きし》み、歪んでいく。

ひとでちゃんはヘッドフォンをしてリュックを背負うと、葵の手を取った。二人で後ろのドアへ向かい、お経を読み始める。

「陰陽安涅真改亜是衆渦女ノ神居常神色自若羯諦羯諦波羅羯諦波羅僧羯諦菩提薩婆訶御霊へ最上の贄を奉り候御霊へ最上の贄を奉り候」

僕は駆け寄って葵の腕を掴んだ。

「僕が行く。僕が生贄になる」

「ダメ」

葵が振り返る。

「ダメよ」

ひとでちゃんが睨んでくる。

「こうなったのは全部僕のせいだ。お願いだから。僕に行かせて」

「水色、やめて」

　葵が僕の手を握った。

「ダメだ。僕が行く。ひとでちゃん。論理的に考えて。あいつはさっき僕に憑《つ》こうとしたんだよ？　僕が行った方が成功率が高いでしょ？」

　土《ど》壇場《たんば》でそんな考え方ができたのは、お父さんとお母さんのおかげだと思った。

「ダメだよ！　もう私が選ばれたの！」

　葵が訴えてくるが、僕は無視した。

「本気？」

　ひとでちゃんが言った。まっすぐ僕を見つめてくる。

　僕もまっすぐ、葵の目を見つめた。

　小学生の頃の記憶が蘇る。

〈水色とあおいって、同じブルーだね〉

　僕はその言葉で救われたんだ。今まで生きてこられたんだ。

　葵がいなかったら、人生は暗闇のままだったんだ。

　迷いはなかった。

「本気だよ」

そう言うと、ひとでちゃんは黒い呪符を葵の腰に貼り、僕の手を取ってドアを開けた。

葵が動けなくなる。僕は彼女の手を離し、ひとでちゃんと教室を飛び出した。

暗い。辺りを見回すが渦女の姿は見えない。

だがヘッドフォンから不快な音が漏れ聞こえてくる。奴《やつ》の声だ。

足の爪先《つまさき》から頭の天辺《てっぺん》まで、全身にぶつぶつと鳥肌が立っていく。

気がつくと目の前に渦女がいて、僕をじっと見つめていた。

ひとでちゃんがドアから白い呪符《じゅふ》を剝《は》がし、その場に跪く。

「陰陽安涅真改亜是衆渦女ノ神居常神色自若羯諦羯諦波羅羯諦波羅僧羯諦菩提薩婆訶御霊へ最上の贄を奉り候御霊へ最上の贄を奉り候」

奇怪な声が聞こえる。渦女が何かを言っている。

「承知　仕《つかまつ》り候承知仕り候御意の儘《まま》に御意の儘に」

ひとでちゃんはそう言いながら、黒い呪符を僕の腰に貼った。

体が硬直し、動けなくなる。同時に体の奥底から、激しい悪寒《おかん》が湧き上がってきた。

渦女がぬたっと動き、僕の顔に触れる。

渦を巻いた目で、舐《な》めるように見つめてくる。

真っ黒な顔には渦しかないが、なぜか笑っているように見える。

ガチガチガチガチと顎《あご》が鳴る。全身が震え出すが、動くことはできない。

怖い。恐ろしい。逃げたい。

僕の足が濡れる。僕は失禁している。

渦女の濡れた髪が頬に触れる。長い手が、僕の体に絡《から》みついてくる。

鳥肌が立った毛穴から、小さな蛆虫《うじむし》が体内に入り込んでくるような、凄《すさ》まじい気色悪さが全身を包む。

窓ガラスに僕の姿が映っている。目を剝《む》いた自分の顔が見え、肩に渦女の顔が乗っている。異様に細い漆黒の体に、僕は抱かれている。

渦女はにゅるっと首を伸ばし、僕の口に頭を突っ込んできた。吐きそうだが嗚咽《おえつ》することもできない。息ができない。濡れた髪が僕の舌を撫《な》でる。どろっとした体が喉《のど》を通っていく。渦女が僕の中に入ってくる。

ゔあぁぁああぁゔぁああぁぁあああゔぁぁぁ

無意識に叫ぶ。僕の声なのか、渦女の声なのかもわからない。口が勝手に動き出す。

僕は笑い出す。

ゔあっあぁっゔぁぁっゔあぁゔあっあぁっゔっああぁっ

僕は嬉《うれ》しそうに、教室のドアに手をかけた。

クラスメイトの顔が見える。一番手前に葵が見える。旨《うま》そうだ。その体に喰らい付きたい。頭を捥《も》ぎ、首にむしゃぶりつきたい。内臓を貪《むさぼ》りたい。僕はもう憑かれている。

渦女に支配されている。意識が遠のいていく。もういい。何でもいいから楽になりたい。早く死にたい。早く。早く殺してくれ。

ひとでちゃんを見ると、天井にピストルを向けていた。

パンッと乾いた音が響き、何かが降ってくる。

熱湯か？　身体《からだ》中に激痛が走り、僕はその場に蹲《うずくま》る。呻《うめ》きながら天を仰ぐと、スプリンクラーから大量の水が噴き出していた。僕は悶《もだ》える。いや、渦女が悶えている。眼前にひとでちゃんの顔が見える。

彼女は黒い皮袋から出した何かを、僕の口に押し込んだ。

熱い。口の中が痛い。じゅうぅぅっと嫌な音を立て、喉が焼けていく。

「滅滅滅滅滅滅滅滅滅滅滅滅滅滅滅滅滅滅滅滅滅滅滅滅滅滅滅滅滅滅滅滅滅滅滅滅滅」

彼女はそれだけを繰り返しながら、僕の額に白い呪符を貼る。同時に、ドスッという衝撃を喰らう。

ナイフを僕の胸に突き刺したのだ。

一、二、三、四。

鋭い切っ先を、彼女は何度も突き刺してくる。

ゔぁあぁうあおゔぁゔぁっゔぁゔぁゔぁゔぁおゔぁ

僕は叫ぶ。渦女が叫ぶ。奴が苦しんでいる。

「滅滅滅滅滅滅滅滅滅滅滅滅滅滅滅滅滅滅滅滅滅滅滅滅滅滅滅滅滅滅滅滅滅滅滅滅滅」

失神しそうなほどの激痛と、内臓が飛び出しそうな吐き気に襲われる。渦女が体から出ようとしているが、出られないのだ。奴は僕の喉の奥でのたうち回っている。
五、六、七、八。
ひとでちゃんは手を緩めず、僕の胸を刺し続ける。

口に詰め込まれたものが何かわかった。塩だ。塩の塊だと気づく。それが口の中で膨張し続けて、渦女を僕の中に押し留めている。降り注いでいる水も塩水だ。煮え滾《たぎ》るように熱い。内と外から、塩が体を焦《こ》がしていく。

目の前にいるひとでちゃんが憎い。こいつを喰いたい。首を裂き、その体を貪りたい。

だが体が動かない。

ゔぁゔぁっゔぁゔぁゔぁゔあぁゔぁゔぁぁっゔぁゔぁ
僕は呻き声を上げることしかできない。
九、十、十一。
僕の胸に、次々と穴が開いていく。

強烈な痛みに襲われながら、僕は安堵《あんど》する。

これで死ねる。奴と共に死ねる。

早く。早く楽になりたい。

「滅滅滅滅滅滅滅滅滅滅滅滅滅滅滅滅滅滅滅滅滅滅滅滅滅滅滅滅滅滅滅滅滅滅滅滅滅」

ひとでちゃんは僕の胸に十二個目の穴を開けると、ポケットから何かを出した。

銀の杭《くい》だ。それを僕の額に当てる。

左手で大槌《おおつち》を振り上げると、おもいっきり打ち付けた。

雷《いかづち》のような衝撃が脳天を貫き、体中がぶるん！　と震える。

右目が見えなくなった。もう声を上げることもできない。

「楽になって」

ひとでちゃんはもう一度、大槌を振り下ろした。

体がフッと軽くなる。視界がなくなり、音も消えた。痛みもなくなった。

助かったのか？　いや違う。

僕は死んだのだ。

見上げると、白い光が見えた。あの世だろうか。早くあそこに行きたいと思う。

僕は宙に浮く。白い光の中に、吸い込まれるように飛んでいく。

ひとでちゃんの策が、成功したんだと確信した。

これで良かったんだと思う。

葵を助けることができたんだ。

白い光が徐々に強さを増してくる。そこがとても気持ち良い場所だというのが何故《なぜ》かわかる。早く。早くあそこに行きたい。僕は飛んでいく。

「ダメ」

声がした。

「行っちゃダメ」

何かに掴まれた。もう肉体を持っていないのに、それは確かに僕を掴んでいる。熱い。

燃える炎に掴まれているように感じる。

「戻ってきて」

どこに戻る？　下にはズタズタになった僕の死体がある。胸に十二の穴が空き、額に銀の杭が打ち込まれている。

嫌だ。戻りたくない。戻る身体も場所もない。もうあんな世界はごめんだ。楽になりたい。僕は逃げようと必死でもがく。

だが離してくれない。

ひとでちゃんが何かを唱えている。

手が熱い。苦しい。意識が遠のいていくのに、苦しみが戻ってくる。

僕はその手を払いのける。

白い光に覆《おお》われる。

何も見えなくなる。声も消える。

僕は死んだ。
楽になった。

二月七日　金曜日

Friday, February 7

最初に見えたのは水色だった。
霞《かす》んだ視界の中に、うっすらとした青が見えた。見覚えのある色。
空の色だ。
天国だろうか。
ぼんやりその色を眺めていると、徐々に意識が戻ってきた。
顔に何かが当たる。風だ。視覚だけじゃなく、触覚もある。
あの世というのは、思っていたよりも現実に似ている場所なのだろうか。
「大丈夫⁉」
声がした。
人の声。日本語だ。
視界に影が浮かぶ。顔だ。
ぼやけているが、ゆっくりと焦点が合っていく。

黒い髪と、白い肌。

ひとでちゃんだ。

どういうことだろうか。僕は生き返ったのか？

「良かった……戻ってこれて。丸一日以上寝てたんだよ？　正直もうダメだと思った」

ひとでちゃんはそう言って、僕の体を抱きしめた。

「痛っ！」

嗄《しゃが》れた声が出て、喉《のど》に激痛が走る。

「喋《しゃべ》れるんだね！　良かった！」

ひとでちゃんは僕の体を離し、笑顔を見せた。

何がどうなったのか。頭が朦朧《もうろう》としているが、どうやら僕は生きているらしい。

「安心して。渦女《うずめ》は滅したから。私の部屋だよ」

視線を落とすと、白いシーツが見えた。ひとでちゃんのベッドで寝ていたようだ。

最初に見えた青空は、窓から望む景色だった。少しだけ開いた窓から、冷たい風が吹き込んでくる。寒い。異様なほどの寒さに、僕は身を震わせる。

何かがおかしい。

とてつもない違和感がある。

目の前のひとでちゃんを見つめて、その原因に気がついた。

大きいのだ。ひとでちゃんの顔がとても大きくなっている。

いや違う。顔だけじゃない。体も大きい。部屋が広い。目に映るもの全《すべ》てが大きくなっている。

いや、それも違う。

僕は気がついた。自分が小さくなったのだ。

「ハッピーバースデイ。生まれ変わり、おめでとう」

生まれ変わり？　何を言ってるんだ？

ひとでちゃんはキティちゃんの手鏡を出すと、くるっと返して向けてきた。

そこにいたのは僕じゃなかった。

見えたのは、黒い毛に覆《おお》われた獣。

僕は、目々ちゃんになっていた。

「魂を引き戻して、目々ちゃんの体に入れたの」

卒倒しかけた僕に、ひとでちゃんは嬉《うれ》しそうに話した。

「成功率は低かったんだよ。でも、目々ちゃんの心臓がまだぎりぎり動いてたから。やってみて良かった。やっぱり私は天才ね。エクソシストじゃなくて、今度からネクロマンサーを名乗ろうかな」

僕は広すぎるベッドに仰向《あおむ》けになったまま、ぼーっと話を聞いていた。

体の節々が痛く、強烈な倦怠感《けんたいかん》に襲われている。

「大丈夫だよ。慣れない身体《からだ》にまだついていけてないだけ。触覚も機能してるようだし、すぐに動けるようになると思うから。リハビリから始めよ。前向きにいこ」

ありえない。そんな気分になれるはずがないだろう。

なのにひとでちゃんはやたらと明るい。

「目々ちゃんに感謝しないとね」

と言いながら、僕の頭を撫《な》でてくる。

「あ、違った。君はもう目々ちゃんじゃないんだった」

一人で笑って天を仰ぎ、目を閉じた。

「目々ちゃん。ありがとう」

祈るように囁《ささや》いてから、僕の頭をこつんと小突く。

「ほら、水色も感謝して祈りなさいよ」

感謝？　そんなことできるはずがないだろう。

「ねぇ、聞いてるの？」

僕は無言を貫いた。喋ろうとすると喉が痛むし、そもそも話す気にはなれない。

「あれ？　喋れるんだよね？　さっき痛いって言ったよね？」

ひとでちゃんが僕の体を軽々と持ち上げる。

「もしかして、ショックを受けてる？」

当たり前だ。

アイアイに生まれ変わって喜ぶとでも思ったのだろうか。

最低最悪。どんなに前向きに捉《とら》えても、これは絶望だ。絶望以外の何物でもない。

アイアイとして生きる人間の気持ちがわかるか？

わかるはずがない。僕自身もわからない。

「死んだ方がマシだよ……」

痛みを堪《こら》えながら声を出すと、ひとでちゃんは耳を向けてきた。

「え？　なに？」

聞き取れていないようだ。声は嗄れているし、上手《うま》く発音もできていないのだろう。

もう一度言うと、彼女はショックを受けたような顔をした。

「え、死んだ方がマシって言った？」

頷《うなず》くと、ひとでちゃんは僕の頭を優しく撫でた。

「そっか……そうだよね……」

その手をそっと顔に下ろし、優しく首に触れてくる。哀《かな》しげに僕の目を見つめながら、
いきなり首を絞めてきた。

「苦しい！　ちょ、ぢょっと！　ぐるじい！」

息ができない。じたばたもがくが、彼女は手を緩めない。

「じぬ！　じぬ！　じぬ！　ばなじで！」

おもいっきり腕を摑《つか》むと、彼女は跳び退《の》いた。

「痛っ！」

「ちょっと！　な、なんなんだよ！　殺す気かよ！」

呼吸を荒くしながら叫ぶと、ひとでちゃんは無表情で言った。

「死んだ方がマシって言ったじゃない」

鬼だ。

「でもほら、手足もちゃんと動いたね。声もちゃんと出てきたし」

悪魔が僕の手を取り、ふふっと笑った。

「死にたくないなら、まずは食べること」

ひとでちゃんはそう言って、僕の目の前に次々とお皿を置いていった。

最初に芋虫を出されて、やっぱり死にたくなった。

次に木の実、それからキャットフードにハムスターの餌《えさ》。全てに吐き気を催すと、バナナを差し出してきた。齧《かじ》ると劇的に美味《おい》しかった。

僕は猿なのだ。惨《みじ》めで泣けてきた。

「最初からこれを出してよ」

文句がするりと飛び出すと、ひとでちゃんは喜んだ。

その無邪気な顔を見て、ほっとしてしまう自分がいる。同時に、溜《た》まっていた疑問が湧《わ》いてきた。

「あれから、どうなったの？」

ひとでちゃんは一緒にバナナを食べながら、その後のことを聞かせてくれた。

鶫《つぐみ》さんという母親は、特殊な催眠術で一定期間の記憶を消すことができるらしい。ひとでちゃんが宣言していた通り、昨日の出来事はみんな全て忘れ去ったという。

一條と仁志と海老原は不運な事故で死に、それにショックを受けた鷹守が自殺。

一連の不審死に胸を躍らせた悪魔崇拝の男が、早朝の学校に乱入して三ツ橋と脇、それから僕を殺害。駆け付けた橅《ぶな》さんがその男をやむなく射殺した。

公安は架空の犯人をでっち上げ、そういうシナリオを作ったという。

そんなことが可能なのか。驚いた僕に、ひとでちゃんは笑って答えた。

「警察って、かなりヤバイからね」

この世界には悪魔に殺されて、人間による殺人や事故、失踪《しっそう》として片付けられる人が少なくないという。そうやって処理をされ、世界が平穏に回っているということを、僕は初めて知った。

「これから告別式とお通夜《つや》をハシゴするけど、水色も一緒に行く？」

そう聞かれて、僕は即座に首を振った。

人の死を悼《いた》む余裕なんか無いし、クラスのみんなに会いたくなかった。奴《やつ》らのほとんどが僕と葵に投票したのだ。

思い返すと、悪魔よりも人間の方が恐ろしく思えてくる。

それにハシゴと言った中には、自分のお通夜も含まれているのだ。そんな場所には死んでも行きたくない。

「そ。じゃあゆっくりしてて。撫さんも鶫さんも帰ってこないから」

ひとでちゃんはそう言いながら胸元のボタンを外し始めた。

僕は咄嗟《とっさ》に顔を背けた。彼女は僕の目を気にすることもなく黒いパジャマを脱いでいく。その姿がうっすらと窓ガラスに映り、僕は目を伏せた。

振り返ると、ひとでちゃんは黒いドレスを着ていた。こないだよりもシックで、正装ともいえるような出《い》で立《た》ちだ。袖《そで》は長く、手首の傷痕《きずあと》は隠れている。

「ねぇ水色、前向きに考えなよ。運動神経にコンプレックスがあったんでしょ？　跳んでみなよ、走ってみなよ。世界最速の男になれたんだよ？」

楽しげに言ってくるが、喜べるはずがない。

「じゃあリハビリがんばって。フルーツとか置いとくから、好きに食べてね」

ひとでちゃんはそう言って出ていった。

玄関が閉まる音が聞こえてから、僕はベッドを降りた。

関節がまだ痛むけど、さっきよりもだいぶマシだ。

もう一本バナナを食べようと、リビングに出る。だがどこにも見当たらない。諦《あきら》めてソファに寝転がると、鮮やかな赤が目に入った。

リンゴが宙に浮いている。その横には明るい黄色。バナナがある。果物が照明から吊《つ》り下げられていた。エアコンの上にピンク色が見える。ササミスティックだ。観葉植物を見上げると、オレンジにブドウ、マンゴーがぶらさがっていた。色とりどりの果物が、クリスマスツリーのオーナメントのように輝いている。

リハビリとはこれのことか。鬼め。

僕はため息を吐《つ》きながら木の枝に手をかけた。体を持ち上げると、ありえないほど軽い。枝に足をかけてジャンプする。体操選手のような着地を決めると、手にオレンジを摑んでいた。鋭い鉤爪《かぎづめ》が皮に食い込んでいて、汁がぼたりと垂れ落ちる。

芳《かぐわ》しい香りがして、僕は齧《かぶ》り付いた。とてつもなく美味《うま》い。甘くて瑞々《みずみず》しい。渇ききっていた喉が果汁で潤《うるお》っていく。僕は再び枝に飛び付き、するすると登ってブドウを摑み、マンゴーを咥《くわ》えた。

それらを貪《むさぼ》ってから、自分の運動神経に愕然《がくぜん》とした。

「水色、そろそろ起きなよ」

声がして目を覚ますと、橙色《だいだいいろ》の照明が目に入った。窓の外から夜景が見える。そこに映る自分の姿を見て、改めて死にたくなった。

一瞬、全て夢だったかと思ったが、現実だった。悪夢は続いていた。

もう二十一時を過ぎている。いつのまにかベッドで寝ていたようだ。

「リハビリ、簡単すぎた？」

ひとでちゃんは鏡の前で髪を梳《と》かしている。

「いや、大変だったよ……」

僕は嘘《うそ》をついた。あれからすぐにテーブルに乗り、そこから跳んでリンゴを摑んだ。バナナもササミスティックも、あっけなく取ることができた。

「そ。でもいい運動になったでしょ？」

ひとでちゃんはそう言いながら、ピアスを付け始めた。

床に、四つの大きなスーツケースが広げてある。

一つには黒ずくめの洋服が、もう一つには大小様々なジュラルミンの箱が詰まっており、三つ目は本で埋まっている。古い文献ばかりで、世界中の言葉が並んでいる。最後の一つは縦長で、虹色《にじいろ》の羽根で覆われた矢とアーチェリーの弓が見えた。最先端をいくような機械的なボディが光を反射させている。これで悪魔と戦うこともあるのだろうか。

「もしかして、もうここを出て行くの？」

「いや、出るのは明日かな」

「次は、どこに行くの……？」

「今夜連絡がくると思う」

ひとでちゃんが振り返った。耳に、こないだと同じピアスが揺れている。

「そのタマムシのピアスも、お守りなの？」

「そ。ピアスじゃなくてイヤリングね。体に穴を開けるなんてどうかしてるでしょ」

「やっぱり、自分の体を傷つけるのって、よくないことなんだね」

僕がそう言うと、ひとでちゃんは目をぎゅっと瞑《つぶ》って見せた。

「いやいや、単純に痛いでしょ」

「え」

僕は思わず笑ってしまった。

悪魔と戦っているのに？　僕をあんなにズタズタにしたのに？

本当に不思議な子だ。いまだに、僕は彼女のことがわからない。

「久しぶりに笑ったね」

ひとでちゃんは僕の頭を小突いて、窓の前に立った。綺麗な夜景をじっと見つめる。

僕も立ち上がって、一緒に眺めた。

生まれ育った仙台の街。その中に僕のマンションが見える。馴染《なじ》みある仙台の景色が、遥《はる》か遠いもののように感じる。

これから僕はどうなるのだろうか。動物園にでも入れられるのだろうか。

初めてこの先のことを考えて、怖くなった。

「ちょっと学校に行くから、付き合ってよ」

ひとでちゃんは窓を少しだけ開けた。凍える風が吹き込み、黒い髪がふわりと靡《なび》く。

「学校？　行きたくないな……」

断ると、ひとでちゃんはぷくっと頬を膨らませた。

「そう言わずに、一緒に来てよ」

「どうして」

「夜の学校って、なんか怖いでしょ」

「は？」

何を言ってる。馬鹿《ばか》なのか。つっこむ隙《すき》すら与えられないまま、僕はひょいと抱き上げられた。

それほど悪くない。いや、むしろ良い。

リュックの中の居心地は、意外にも快適だった。

冬とは思えないほど暖かいし、徒歩の揺れは心地良い。覗《のぞ》き窓からはちゃんと外が見えるし、目に映る世界全てが大きいので、中にいる方が気も安らいだ。

ひとでちゃんは無言で県道を歩いていく。海老原が死んだ交差点を通り過ぎると、おもむろに足を留めた。

「まだ見える？」

そこにはお寺があった。いつものお婆《ばあ》さんの霊が、門の前にじっと立っている。

「どうしてだろう。まだ見える」

「ま、当然だよね。水色は霊や悪魔を、目で見ていたわけじゃないんだから」

彼女はそれしか言わなかったが、意味は理解できた。僕は視覚じゃなくて、第六感で霊を見ているんだろう。

ひとでちゃんはリュックから塩を出し、門の前に小さな山を作った。小声でお経を唱え始めると、お婆さんは彼女を見た。

こくりと頷き、歩き出す。気がつくと、闇《やみ》の中へ消えていた。

ひとでちゃんが成仏《じょうぶつ》させてあげたのだろう。頷いた時の顔は、どことなく安堵《あんど》しているように見えた。

「もしかして、この為《ため》に来たの？」

「まさか」

彼女は歩調を速めて坂道を上っていく。

学校に着くと警官が立っていて、挨拶《あいさつ》をして入っていった。四年近く通った校舎が別物に見える。まるで異世界の建物のようだ。

中は床が濡《ぬ》れていた。水浸しの廊下を、ひとでちゃんはコンバースのまま歩いていく。

「そういえば、あのスプリンクラーって」

「タンクに死海の水を溜《た》めておいてもらってたの。塩分濃度が世界一高いんだ」

鷹守の部屋で、彼女が橅さんに指示していたことを思い出す。あの時から準備をしていたのだ。今更ながら、プロフェッショナルだと感心する。

「この床も、その水を撒《ま》いたの？」

「これは聖水。お清めだよ」

ひとでちゃんはそう言って、図書室へ入った。

あの惨劇を思い出すのが嫌で、僕はリュックの窓に背を向ける。

けれどファスナーを開けられて、出るように言われた。

ひとでちゃんは真っ赤な蠟燭《ろうそく》を数本取り出し、床に立て始めた。マッチで火を付けて側《そば》に跪《ひざまず》くと、目を閉じた。

それから数十分、彼女はぴくりとも動かなかった。

手には十字架を握っている。話しかけちゃいけないと直感した。

ひとでちゃんは渦女によって殺された全員に、祈りを捧《ささ》げているんだと思った。

しばらくして顔を上げると、蠟燭の火で照らされた彼女の目は潤《うる》んでいた。

三ツ橋の首を掻《か》っ切った、ひとでちゃんの顔が蘇る。

あっさりと実行したように見えたけど、心の奥底では苦しんでいるのかもしれない。

大勢の命を救う為に、誰かの命を犠牲にする。

僕は今でも、それが正しいこととは思えない。

けれど三ツ橋が死ななければひとでちゃんも死に、クラスメイトは全員殺された。被害は学校の外にも及んだだろう。

何が正しいことなのか、考えても考えてもわからない。

もしかしたら、ひとでちゃんも同じなんじゃないだろうかと思った。

彼女は心を捨てて、正しさを捨てている。そんな気がした。

「そういえば、これ」

ひとでちゃんが何かを差し出してくる。

受け取ると、写真だった。

お父さんとお母さんと僕が、ロケットの前で笑っている写真だ。

「どうして……」

「昨日の晩、水色の部屋に行ったの。そしたらアルバムが捨ててあったから。ご両親が見つける前に、こっそり棚に戻しておいてあげたよ」

そうだった。こないだの夜、僕はアルバムをゴミ箱に突っ込んだのだ。

おやすみ。

ふいに、声が聞こえた。

お父さんとお母さんの声だ。

あの夜、二人にそう言われたのに、僕は返事をしなかった。

おやすみを言わずに、部屋に入ったのだ。

それが二人との最後になるなんて。

どうして、おやすみの一言を言わなかったのか。

呪《のろ》いたくなるほど腹が立つ。

死んだ息子の部屋にアルバムが捨てられていたら、二人はどう思っただろうか。

見られなくて良かったと安堵しながら、ひとでちゃんの気遣いに感謝した。

「戻してくれて、ありがとう」

彼女は黙って頷いた。

「でも、どうしてこの写真を選んだの？」

「それが一番いい顔をしてたから」

僕は暗がりで、笑顔の三人を見つめた。

「……やっぱり行こうかな」

そう言うと、ひとでちゃんは蠟燭の火を吹き消した。


どこに行くとは言っていないのに、彼女はタクシーを拾って行き先を告げた。

着いたのは斎場。僕のお通夜の会場だ。

望んだ通りの場所だったが、僕はリュックの中で蹲《うずくま》った。

お父さんとお母さんがどんな顔をしているのか、見るのが怖かった。

「見なよ、自分の体」

体が揺さぶられる。ひとでちゃんがリュックを抱きかかえて棺《ひつぎ》を覗いたようだ。見たくなかったけど、見てしまう。

僕は綺麗《きれい》な服を着せられて横たわっていた。額にぐるぐると包帯を巻かれて、銀の杭《くい》の痕は隠れている。なんだろう。例えようのない不思議な感覚に包まれる。自分の死体を外から見るなんて、圧倒的に異様な体験だ。

「自分の体じゃないみたいだ……」

呟《つぶや》くと、ひとでちゃんは小声で言った。

「そ。体は自分のものじゃない。みんな自分のものだと思って粗末に扱ってるけどね」

僕はこんな体になってしまい、生きる希望を失っていた。

でも、それじゃいけないのかもしれない。

体は、神様から借りているものなんだろう。

この体だって、目々ちゃんがくれたものなのだ。ひとでちゃんがくれたものなのだ。

自分の死体から目を背けないで良かったと思った。

おもむろにひとでちゃんが振り返る。こわごわ窓から覗くと、お父さんとお母さんが座っていた。

憔悴《しょうすい》した様子で、虚空《こくう》を見つめている。

僕の死体よりもずっと、死んだような顔をしていた。

意外だった。僕の死を、とても哀しんでくれているように見えた。

ひとでちゃんはリュックを抱えたまま二人へ歩み寄ると、そっと声をかけた。

「少しの間ですが、水色くんと仲良くさせてもらっていました。縦島といいます。この度は、御愁傷様です」

お父さんとお母さんは、虚《うつ》ろな目をしたまま頭を下げた。

「さっきも来てくれてたわよね。ありがとう」

お母さんがか細い声でお礼を言うと、ひとでちゃんは思いも寄らないことを言った。

「水色くんは、ご両親のことをとても愛していました」

僕は声も出せず、動けずにいた。

嘘だ。そんなことはひとでちゃんに一言も言ってない。

でも。

だけど。

僕はずっと、寂しかった。

お父さんとお母さんのことを、愛していた。

それは嘘じゃなかった。

「私たちは、あの子に、何もしてあげられなかったの……」

消え入りそうな声でお母さんが言った。

「水色っていう名前は、どういう意味を込められたんですか？」

ひとでちゃんが聞くと、お父さんが答えた。

「生まれた朝の青空が、すごく綺麗で……」

お父さんは言葉を詰まらせた。その肩が震えている。

「そう……うん、綺麗だったのよね……」

お母さんが俯《うつむ》くと、ひとでちゃんが言った。

「素敵なものをあげているじゃないですか」

二人は不思議そうに彼女を見た。

「彼は、水色という名前を、とても気に入っていましたよ」

ひとでちゃんは言った。

それも、そんなことも一言も言っていない。

だけどそれも真実だ。

僕はどんなにからかわれても、この名前が好きだった。

大切に思っていた。

「これからは、水色くんとの思い出を大切にしてあげて下さい。彼はきっと遠くから、いや、すぐそばから、ご両親のことを見守っています」

ひとでちゃんがそう言うと、お母さんが泣き崩れた。

「ありがとう……ありがとう……」

お父さんも泣いている。お母さんを支えながら、小声で何度も繰り返す。

冷たい。

気がつくと、頬が濡れている。

僕は泣いていた。

ずっと我慢していたものが、ぼろぼろとこぼれ落ちた。

名前の意味を初めて知った。

どんなことでも数学的に考える二人が、そんな情緒的な想《おも》いを込めてくれたとは思ってもいなかった。

なんでもないと思っていた日々が、とても温かく、とても尊く感じる。

僕は二人に、愛されていたのだ。

ありがとう。

お父さんとお母さんに、胸の中でお礼を言った。


それからしばらく、ひとでちゃんは廊下のベンチでスマホをいじっていた。

僕が別れを惜しんでいると思っているのだろうか。

時計はすでに二十三時半を回っている。

もういいよと言おうとした時、リュックが動いた。

「じゃ、行こっか」

彼女は黒いコートを羽織り、僕の返事を待たずに歩き出す。ロビーへ出ると、すぐにその足が止まった。

エントランス横の休憩スペースに、葵が座っていた。

「来てたんだね」

ひとでちゃんが話しかけると、彼女はこくりと頷いた。

「こんな時間まで大丈夫？　親御さん心配しない？」

僕が聞きたかったことを、ひとでちゃんが聞いてくれる。葵は首を横に振った。

「今日はずっとここにいようと思う」

嬉しかった。

大切な人が自分の死を哀しんでくれる。

それがこんなにも有難いことだとは思わなかった。

普通に死んだ人も、こんな風に遺《のこ》された人の想いを知ることができるのだろうか。

できればいいのに。そう願う。

もしかすると、僕が今まで見てきた霊たちは、それを知ることができない人たちだったのかもしれない。なんとなく、そんな気がした。

「私ね」

葵がぼそりと言った。

「ん？」

「なんか、夢みたいな、ぼんやりとした記憶しかないんだけど、私……殺人鬼に襲われたの……。それで、水色が身代わりになって助けてくれたの。なんとなく憶《おぼ》えてるの」

記憶が少し残っているようだ。稀《まれ》に思い出してしまう人がいると、ひとでちゃんが言っていた。

「葵さんは、水色のことが好きだったの？」

まさかの返しに、僕は驚いた。

こっちが喋れないのをいいことに、最低だ。

葵はこくりと頷いた。

嬉しかった。

同時に、とても哀しかった。

僕も葵のことがずっと好きだったんだ。

こんなことになってしまったけど、葵を守ることができて、それだけは本当に良かったと、心から思う。

「水色の気持ちを、教えてあげようか？」

ひとでちゃんが葵の耳元に口を寄せ、囁いた。

葵は黙ったまま頷く。僕の胸は、まるで自分が告白するかのように高鳴り出す。

「水色はね、あなたのことが好きだった。だけど」

だけど？　だけど何なんだ？

「あいつのことは忘れた方がいいよ」

何を言い出す。意味がわからない。さっきお父さんとお母さんに言ったことと真逆じゃないか。

「どうして？」

葵が不思議そうな顔を見せると、ひとでちゃんは恐ろしいことを言った。

「水色はね、葵さんのことが好きだって言いながら、私にも惚《ほ》れてたの。いきなり、可《か》愛《わい》いって言ってきたんだよ。そのへんのくだらない男と同じ。特別なことなんて何もない、平凡でだらしない奴《やつ》なんだよ」

はぁ？　ふざけるな！

僕はリュックから飛び出してひとでちゃんの腕に噛《か》み付いた。

「痛っ！」

彼女が首を掴んでくる。僕はじたばた抵抗するが、人間には敵《かな》わない。引《ひ》っ叩《ぱた》かれてリュックに押し込まれる。抵抗して顔を出すと、葵はぎょっとしていた。

「それ、何……」

「私のペット。可愛いでしょ」

ひとでちゃんが答えると、葵が言った。

「触ってもいい……？」

「気をつけてね。この子も女の子に目が無いから」

最低なジョークを飛ばすが、葵は聞いていないようだ。僕を見つめ、手を伸ばしてくる。柔らかい手がそっと、僕の肩を撫でる。

「平気なの？　だいたい怖がられるんだけど」

ひとでちゃんが聞くと、葵は小声で言った。

「なんでだろう……ぜんぜん怖くない」

僕の頭に触れ、そっと撫でてくれた。

温かい。

やっぱり葵は、誰よりも温かかった。


「ふざけんなよ！　なんであんなこと！」

斎場を後にして、僕は激怒した。

「警察署からの帰り道に、私のことを可愛いって言ってきたじゃない」

「違う！　あれは目々ちゃんのことを言ったんだ！」

「あっそ。それならそれでいいけど。私は葵さんの為に言ったんだよ。あなたのことなんか忘れた方が、楽に生きられるから」

「ならもっと良い言い方があるだろ！　口が巧いくせになんでそんなに雑なんだよ！」

「ギャーギャーうるさいわね。あぁ目々ちゃんが恋しい。あの子はいつだって、静かに私のことを見守ってくれたのに」

ひとでちゃんは大袈裟《おおげさ》なため息を吐いた。

「最低だな！」

「最低？　そ。ならこうしよ」

ひとでちゃんは僕を掴み、コンビニのゴミ箱に押し込んだ。

「ちょっと!!　助けて助けて!!」

僕は慌《あわ》ててゴミ箱から飛び出す。と、荒々しく首根っこを掴まれ、リュックに押し戻された。

「最悪だ。酷《ひど》すぎる。終わった。やっぱりこんな人生無理だ。もう終わりだ」

ぶつぶつ文句を言い続けると、派手な電子音が鳴った。ひとでちゃんのスマホだ。

彼女は電話に出ると、了解ですとだけ言って切った。

「もしかして、次の行き先が決まったの……？」

「そ」

「どこに行くの？」

僕は躊躇《ちゅうちょ》なく聞いていた。

「その前に」

ひとでちゃんが僕を見下ろす。

「私と一緒に行くつもり？」

じっと見つめてくる。僕は黙り込んでしまった。

「そうだ。葵さんなら、あなたを大事に飼ってくれるかもしれない」

そんなことを言い出すので、僕はさらに何も言えなくなった。

何かが顔に当たる。

見上げると、ぽつぽつと雨が降ってきた。

たいした雨じゃないはずなのに、一滴一滴が僕の体に打ち付けてくる。雨粒がひたすら重く、冷たい。

ひとでちゃんは来た道を引き返した。

「待って」

声をかけるが、足を止めない。

「水色は葵さんと生きていきなよ。その方が幸せだよ。あなたはもう目々ちゃんじゃないし。一緒にいると疲れるし。うざいし。一人の方がずっと楽だし」

「いや、待ってよ」

僕は体を濡らしながら、ひとでちゃんを見つめた。

「お願い。僕を連れてって」

彼女はくるっと向きを変えると、何も言わずに歩き出した。

二月八日　土曜日

Saturday, February 8

日付が変わった頃、タクシーが停まったのは国分町のクラブだった。つい最近来たばかりなのに、遠い昔のように感じられる。

ひとでちゃんは入り口の前で足を止めると、空を見た。

雨は上空で凍りつき、大粒の雪になっていた。

「本当にいいの？」

小さな声で、聞いてくる。

「私は旅行をしてるわけじゃないの。神と呼ばれるほどの悪魔を祓《はら》う旅をしてるの。命の保証はないんだよ？」

僕は聞き返した。

「目々ちゃんは、悪魔の匂《にお》いを嗅《か》ぎ取れたんだよね？」

「それが何？」

「僕には、悪魔が見えるから。きっと役に立つと思うよ。最強のコンビになれるかもしれない」

僕は力強く言い切った。

「そうかもね」

ひとでちゃんはそう言ってくれた。

でも、歩き出そうとしない。

黙ったまま、もう一度空を見上げる。

天を仰ぎ、雪を浴びる。

真っ黒な身体《からだ》に、白い結晶が降り積もっていく。

ひとでちゃんは身に降りかかった穢《けが》れを、浄化しているように見えた。

床を濡《ぬ》らしながらクラブの中へ入る。

ひとでちゃんの顔も髪も身体も、僕のリュックも濡れている。受付でタオルを差し出されたが、彼女は受け取らなかった。

メインフロアに入ると同時に、ひとでちゃんはリュックを開けた。

激しい光と爆音が体を揺さぶってくる。またしてもＥＤＭだ。こないだと同じような音楽なのに、その衝撃度は数倍にも感じる。頭がくらくらしてきて、卒倒しそうになる。

「ちょっと！　まだここに何かあるってこと!?」

僕はひとでちゃんの耳元で叫んだ。

「ただの気晴らしだけど何かないと来ちゃいけない？」

叫んでいないのに、彼女の声はよく通る。

「じゃあ無理！　ここしんどい！　帰ろうよ！」

「うるさい。じゃあ寝てればいいでしょ」

本当に彼女に付いていって大丈夫なのだろうか。早くも後悔している自分がいる。

「寝れるわけないだろ！　てゆうか僕のお通夜《つや》の後だよ？　胸を痛めて、もっとしんみり過ごすこととかできないわけ!?」

「は。私は胸なんか痛めてないし。ていうかあなたは死んでないし。黙ってて」

「最低だな。やっぱりひとでちゃんはひとでなしだ！」

「そうだよ。だから最初から言ってるじゃない」

「なんだよ、僕がひとでちゃんを好き？　勝手なこと言いやがって！」

怒りが再燃した。腕を摑《つか》んでギャーギャー喚《わめ》くと、彼女は言った。

「私は嫌いじゃないけどね。あなたのこと」

僕は驚き、言葉を失った。

「勘違いしないでよ。誰かの為《ため》に自分の命を犠牲にできるあなたのことを、凄《すご》いと思っただけ。私には絶対に真似《まね》できないことだから」

ひとでちゃんはきっぱりと言った。

その目が寂しそうに見える。

僕はわかっていた。

口ではそう言っているが、真似できないのは、勇気が無いからじゃない。

ひとでちゃんは、悪魔の脅威から人々を守る為に、生きなきゃいけないのだ。

大勢の命を救う為に、自分の命を投げ出すことは許されない。

幼い頃から、そんな使命を背負わされてきたのだ。

それなら僕はどうするべきか。どう生きるべきか。

結論は簡単だ。ひとでちゃんに貰《もら》った命を、彼女の為に使おう。

そう思った。

聴き覚えのある音楽が鳴り出す。Ghostrich だ。

僕はおもいっきり、雄叫《おたけ》びを上げた。

「いいねっ」

ひとでちゃんが笑う。

周りの人たちが振り返り、僕を見た。まずい。慌《あわ》ててリュックに隠れると、ひとでちゃんは僕の尻尾《しっぽ》を摑んだ。強引に引っ張り出されて、肩の上に乗せられる。

「ちょっと！　ヤバイって！　見つかったし！」

「怖がるなって。これからは悪魔が相手なんだよ？」

ひとでちゃんはツカツカと歩き出す。

若者たちが踊りを止め、身を引いていく。

フロアの真ん中へ一筋の道ができる。

ひとでちゃんは神様のように、そこを歩きながら言った。

「ちゃんと摑まっててね」

音楽に乗って激しく踊り出し、僕は必死にしがみつく。

濡れた黒髪から、無数の光がほとばしる。

雪の粒が七色に輝きながら、暗闇《くらやみ》へ広がっていく。

虹色《にじいろ》を放つひとでちゃんは、悪魔のように美しい。

本書は新潮文庫のために書き下ろされた。

デザイン　新潮社装幀室

ひとでちゃんに殺《ころ》される

新潮文庫　か－92－1

令和三年二月一日発行

著者　片《かた》岡《おか》翔《しょう》

発行者　佐藤隆信

発行所　株式会社新潮社

郵便番号　一六二—八七一一
東京都新宿区矢来町七一
電話 編集部(〇三)三二六六—五四四〇
読者係(〇三)三二六六—五一一一
https://www.shinchosha.co.jp

価格はカバーに表示してあります。

乱丁・落丁本は、ご面倒ですが小社読者係宛ご送付ください。送料小社負担にてお取替えいたします。

印刷・錦明印刷株式会社　製本・錦明印刷株式会社

ISBN978-4-10-180211-4 C0193